中华优秀传统文化是炎黄子孙共同的精神家园

阅微草堂笔记选译

黄国声 译注
安平秋 审阅

凤凰出版社

古代文史名著选译丛书

（珍藏版）

主编 章培恒 安平秋 马樟根

图书在版编目（CIP）数据

阅微草堂笔记选译 / 黄国声译注. -- 南京 : 凤凰出版社，2017.1（2018.11重印）
（古代文史名著选译丛书 : 珍藏版 / 章培恒，安平秋，马樟根主编）
ISBN 978-7-5506-2490-0

Ⅰ. ①阅… Ⅱ. ①黄… Ⅲ. ①笔记小说—小说集—中国—清代②《阅微草堂笔记》—译文③《阅微草堂笔记》—注释 Ⅳ. ①I242.1

中国版本图书馆CIP数据核字(2016)第255683号

书　　名	阅微草堂笔记选译
主　　编	章培恒　安平秋　马樟根
译 注 者	黄国声
责任编辑	陆　扬
装帧设计	姜　嵩
出版发行	凤凰出版社(原江苏古籍出版社) 发行部电话025-83223462
出版社地址	南京市中央路165号,邮编:210009
出版社网址	http://www.fhcbs.com
照　　排	江苏凤凰制版有限公司
印　　刷	苏州市越洋印刷有限公司 苏州市吴中区南官渡路20号　邮编:215104
开　　本	850×1168毫米　1/32
印　　张	6.25
字　　数	130千字
版　　次	2017年1月第1版　2018年11月第2次印刷
标准书号	ISBN 978-7-5506-2490-0
定　　价	32.00元

(本书凡印装错误可向承印厂调换,电话:0512-68180638)

目 录

前言

《阅微草堂笔记》是清代纪昀所著的五种笔记小说集的总名，它包括《滦阳消夏录》六卷、《如是我闻》四卷、《槐西杂志》四卷、《姑妄听之》四卷、《滦阳续录》六卷，由纪氏门人盛时彦合编印行。此书是清代文言小说的代表作之一，与蒲松龄的《聊斋志异》并称，风行一时。

纪昀(1724—1805)字晓岚，又字春帆，直隶献县(今河北献县)人。提起纪昀，他的大名反不如其字更为人们所熟知。关于纪晓岚的多才急智、诙谐而又不拘小节、善于巧妙工稳地对对子的故事，一直广泛流传，为人们所津津乐道，以致常常忽略了他是位大学问家和大官吏。纪昀出身于官宦家庭，父亲纪容舒曾任云南姚安府知府。纪昀二十四岁中举人，三十一岁中进士，入翰林院，从此仕途十分顺利。先后任礼部、兵部尚书、协办大学士等高官，一生安富尊荣，门生满天下。在他五十岁的时候，被朝廷任命为《四库全书》总纂官，领导一批学者编纂这部中国文化学术史上的巨大丛书。经过十三个春秋，《四库全书》编成，纪昀完成了他一生中最为光辉的事业。其间，他还撰写了《四库全书总目提要》这部具有重要学术价值的著作。

《阅微草堂笔记》是纪昀晚年的作品。那时他已是个阅历丰富，学问有成，宾朋众多的人，于是“追录见闻，忆及即书”(《滦阳消夏录》序)，加以“友朋聚集，多以异闻相告”

(《槐西杂志》序),对此纪昀也予以记录。而讲故事给他听的人,包括各方面的人士,其中有亲友、同僚、下属、门生、故旧,有官差、仆役、遣犯以至三教九流的人物。由于故事的来源是多方面的,因而内容显得丰富多彩,精粗杂陈:既有上层社会的故老遗闻,官场百态,人情翻覆,典章考证;也有下层百姓的曲巷琐谈,奇事异闻,医卜星相,神鬼狐魅。这些或雅或俗、亦正亦奇的故事,从纵横上下各个角度和方面反映了当时的社会生活,揭示了社会的种种矛盾,显现了各个阶级及其人物的善行与恶迹。

过去,人们常常把《阅微草堂笔记》与《聊斋志异》相提并论。新中国成立以后,对《聊斋志异》的研究有了巨大的进展,成就显著,它的伟大作品的地位,是不容置疑的。但相比之下,对《阅微草堂笔记》的研究却显得十分薄弱和不足。由于研究的未曾深入,对其评价就尤其偏颇。比如说把纪昀视作"乾嘉时期统治阶级在文化界的代表人物",贬抑《阅微草堂笔记》是部宣传封建伦理道德、因果报应,起着维护封建秩序、麻醉人民作用的作品。平情而论,《阅微草堂笔记》的成就当然比不上《聊斋志异》,《志异》的寄托作者孤愤,饱含民主思想,勇于向封建礼教挑战,以及艺术上的奇情幻彩、曲折细腻等优点,是《阅微草堂笔记》所不可企及的。但是,《笔记》也有它自己的可贵特点。它继承了六朝志怪小说的传统而加以发展创新,有着自身明显的独特艺术风格。而且,它毕竟揭开了那看似华丽的盛世帷幕的一角,使人们看到了那些将要一发不可收拾的社会脓疮和蛀洞。

那么,《阅微草堂笔记》究竟反映了些什么呢?

清代官场是极为污浊、黑暗的。官员们贪污舞弊、鱼肉百姓是十分平常的事，而官员间的互相倾轧排挤，也无时不在产生和进行。纪昀对这种现象是深恶痛绝的，在《笔记》中屡屡加以揭露和抨击。如《鬼隐》采用寓言的形式，叙述明末一位官员因厌恶宦海风波，死后向阴司提出请求，来生不到阳间做官了。阴司按他来生应享的官级，改任他为阴曹的官吏。殊不料阴间的官场，其险恶与污浊与阳世完全无异。这官员失望之极，只好辞去阴曹的官职，隐居到荒山中去，以求清静。他说，这里虽然萧索孤寂，但比起阴阳两界的官场来，倒觉得有如天堂了。作者虽托言这是明末的事，而其用意却是指斥同样腐败的清代官场。腐败已经发展到不分阴阳、令人无所逃于其间的程度，这种感慨是何等的深沉，讽刺是何等的辛辣！

罪恶的官场里，除了官僚外，还有围绕在他们四周的几种人，这就是幕客、书吏、长随。他们虽然并无品级，甚至地位低下，却是官僚政治中起着相当作用的人物。这些人凭藉官府的权力，采取舞文弄法、欺骗狡诈的手段，竭尽操纵翻覆之能事。他们对老百姓的敲诈勒索、压迫陷害，已到了昧尽良心的地步。纪昀对这些是知道得很清楚的，在《滦阳消夏录》卷六中，指斥他们说："民命所关，无如守令，造福最易，造祸亦深。惟是种种冤愆，多非自作，冥司业镜，罪有攸归。其最为民害者：一曰吏，一曰役，一曰官之亲属，一曰官之仆隶。是四种人，无官之责，有官之权。官或自顾考成，彼则惟知牟利，依草附木，怙势作威，足使人敲髓洒膏，吞声泣血。四大洲内，惟此四种恶业最多。"从这个认识出发，他在《四救先生》里，写了幕客们处理官场事务的"四救""四不救"原则：只要保护主人和自己的利益，而全然不顾事情的是非和老百姓冤枉。在《交河吏》

中，那个书吏横行无忌、枉法害民的行径，被刻画得入木三分。而《长随》中对仆役挟制上官的种种惯技的揭露，也使人对官场的黑幕有了更深刻的了解。纪昀从政日久，父亲和众多的亲朋也担任过地方官员，因而他对官场中许多不为人知的黑幕和离奇古怪的手段多所闻见，也就能淋漓尽致地刻画出这些魑魅魍魉的面目。

清代统治者以异族入主中原后，为了巩固政权，从精神上消蚀汉族人民的反抗意识，便极力推崇起程朱理学来。一些理学家也乘此机会出来做官、讲学，形成了一种普遍的风气。至于一些假道学家们，也趋风气，赶潮流，高谈“性理”之学，互相标榜，以此扬名猎官。他们既无学问，也无人品，胸中只有《五经大全》《性理大全》这类书，却整天侈谈“道”与“理”，拿仁义纲常来桎梏人们的精神和行动，所谓“理学”实际上成为杀人的软刀子。对于这类“内以自欺，外以欺乎天下”(《王源文集·与李中孚先生书》)的家伙，纪昀是十分鄙视和痛恨的。《阅微草堂笔记》里面，鞭挞和讽刺假道学的故事占了很多。如《某医》里的医生，因为固执一“理”字而不肯随事变通，以致平白害死两条人命。纪昀借此诘责道：“宋以来，固执一理而不揆事势之利害者，独此人哉！”矛头明显指向道学家。

在封建社会里，人口买卖十分盛行。买来的奴仆，只是主人的一件物品，他们没有人身自由，更没有人格的尊严；主人对待奴仆，则是荣辱生杀，可以任意施为。纪昀虽然极力维护封建制度及其伦理道德，但对于虐待、打杀奴仆的行为却不赞成，这也表现了他思想上难以解决的矛盾。在《侍郎夫人》中，写了几个主人的暴行，各有各的残酷花样：或是把刚买到的婢女打得半死，使之“知畏”，以后才好使唤;或是房里悬着两条鞭子,鞭穗上都沾满了奴隶的血迹,以示威慑。罪恶的主人最后受到报应而死,这是纪昀认为合理的解决办法。但在《复仇》这个故事里,他却写了几个奴隶不堪迫害,最后采取报仇办法的故事,还加以评论说:“弱者衔冤茹痛,郁结莫申”,最后便要起来报仇,这是“势所必至”,“理之自然”。纪昀从希望冥报来惩罚恶人发展到赞同奴隶起来报仇,这不能不说是他思想上可贵的、进步的一面。

在对下层人民的命运寄予同情的同时,纪昀对于富人的诡诈无情、唯利是视的本性是鄙薄和谴责的。《甲乙相仇》写两个富人相互陷害,狡诈毒辣,诡计迭出,最终是害人害己。《富人诡计》则写富人利用金钱强夺别人妻子做老婆的罪恶,故事淋漓尽致地表现富翁如何层层设下陷阱,让女人的婆家上钩,又步步抹去自己作恶害人的痕迹,使人无法根究。其灵魂之龌龊可憎,手段之周密狠毒,正是富人本色,令人读后不禁悚然生畏。

纪昀是位大学者,阅历广而见解通达,思想较为开明。因此,对下层人民的一些行为,只要是出于事势所必需而又不致超越礼法太甚的,他往往持赞同和宽容的态度。在《太湖渔女》这个故事里,渔女出嫁,在迎亲船上骤遇风暴,满船的人彷徨待毙。这时,平日惯于操舟破浪的渔家新娘毅然冲破封建礼法的束缚,亲自驾船战风搏浪,终得脱险,如期到婿家成亲。新娘子的勇敢行为,在卫道之士眼中,自然是十分越礼违俗的,因为他们的准则是:宁可葬身波涛之中,也不能有丝毫的越轨。可是,纪昀却和他们截然相反,充分赞扬了这种因应事势作出通变的做法。《侠妓》是个大快人心的动人故事:某富人乘灾荒的机会,囤着谷子不卖，以待好价。正当饥民束手待毙之际，一位妓女挺身而出，要救灾救人。她假称要嫁给那富翁，哄他将谷物立刻出售。待得饥民获救，她才对富翁说不肯辜负养母之恩，将来有机会再谈嫁娶的事吧。因为无媒无证，富翁也无可奈何。纪昀把这位风尘女子写得有勇有谋，一身侠气，而他自己的爱憎也就再鲜明不过了。

谈狐说鬼，是《阅微草堂笔记》的主要特色，篇章亦最多。这类故事里面，由于纪昀思想的局限，不免有借神道设教，宣扬因果轮回的封建糟粕。但他的思想也经常表现出一种矛盾现象，即并不十分相信鬼神的存在，他写鬼神，不过是想借此维系世道人心，劝善惩恶。在许多故事里面，常常透露出他对鬼神存在与否的迷惘，于是，有些故事反倒起了破除迷信的客观作用。如著名的《曹某不怕鬼》《辨鬼》《扮鬼偷盗》等，都是如此。借鬼情写人情，以阴间写人间，是《笔记》谈神说鬼最显著的特色。如《利己心》借阴间阎王之口谴责阳间官员的无能；《老学究》借鬼差之口讥讽道学家的全无学问；写狐女的善良正直，是为了暴露人类的狡诈自私；《圆光术》《乩诈》《驳乩诗》等揭露神棍为赚钱而装神弄鬼，更在客观上证明了鬼神的虚妄。显然，有目的地去写狐鬼，是纪昀的宗旨，其中精彩可取的篇章，大都寄寓了对现实的批判，具有深刻的含意。

对于当时社会上的一些不良风气和现象，纪昀也给予了抨击。明代假名士盛行，至清代仍余风未泯。这种人矫揉造作，高自标榜，欺世盗名，影响很坏。《游士》是针对这种现象写的。清代举业盛行，读书人一头扎进科举八股里面讨生活，以图功名富贵，以致对人情世事懵然不晓。《书痴》便写两位书呆子在战争临近、逃命不暇的时候，还在为大门上贴的门神到底是哪位古人而和别人争辩不休，以致错过逃难的机会，城陷被杀。无情地讽刺了科举制度毒害下腐儒的迂远可笑。《云南一县令》写尽了世态炎凉、人情翻覆的种种情态。《京师骗术》则通过全国最大都市的各种行骗诈伪的故事，反映出整个社会的人情风貌。

《阅微草堂笔记》是一部有特色、有成就的笔记小说，但是，它又是部精华与糟粕并存的作品。由于纪昀世界观的局限，书中不可避免地暴露了作者思想意识上许多先天的缺陷。如他在一定程度上同情奴隶的遭遇，但当奴仆不尽力效劳主人时，就不免要对他们诋毁咒骂。他心目中的理想秩序是上和下安，大家各尽本分，主人对下要和，而仆人对主人要尽忠尽力，决不容许造反。这种思想贯穿于《笔记》全书中。本书所选的故事，虽然都是其中较为可取的篇章，但终究会杂有一些陈旧落后或不健康的成分在内，这是我们在阅读时要充分注意，加以辨别的。

清初是文字狱泛滥的时代，当时的人对此无不谈虎色变。因而文人的著述，都极为小心谨慎，唯恐稍一疏忽，立刻招致飞来横祸。但纪昀写作《阅微草堂笔记》一书，却敢于采用直接、间接的办法，暴露社会的阴暗面，指斥道学家的虚伪害人，揭露官场黑暗，抨击不合理现象。这些都是很犯统治者的忌讳的，没有勇气和胆量，怎能落笔，哪能成书？所以鲁迅评价纪昀说："他生在乾嘉间法纪最严的时代，竟敢借文章以攻击社会上不通的礼法、荒谬的习俗，以当时的眼光看去，真算得很有魄力的一个人。"(《中国小说的历史变迁》第六讲)这个评价是很恰当的。同时也可以说，《阅微草堂笔记》这部书的可贵之处，恰恰也在于这一点上。

在艺术成就上，《阅微草堂笔记》也具有自己的特色，有其独具的熠熠生光的成就。鲁迅评价它说："惟纪昀本长文笔，多见秘书，又襟怀夷旷，故凡测鬼神之情状，发人间之幽微，托狐鬼以抒己见者，隽思妙语，时足解颐；间杂考辨，亦有灼见。叙述复雍容淡雅，天趣盎然，故后来无人能夺其席。"（《中国小说史略》第二十二篇）这是中肯的不易之论。按照这个标准，不妨分开论述：

一、风格雍容淡雅，天趣盎然。纪昀写作本书的艺术追求，是"尚质黜华，追踪晋宋"，因此文字力求简淡隽永，不尚浮缛。比如《游士》一篇，并没有写游士的音容笑貌，只是从侧面细写其室中陈设和气氛，娓娓道来，浑然不觉，而游士之面目、举止，跃然纸上。对他的评价，也没有端出什么大道理或圣贤之言，而只借两个道士的一问一答，游士的嘴脸便栩然如绘。当然，简淡的文笔，并不妨碍事件的描述，《李生恨事》中同时写李生、李妻、岳父、盗魁四人，头绪颇繁，交相错织，纪昀却能用简练之笔，分头叙述、交错铺叙得清清楚楚，足见其叙事之功力。当然，即使在这样详细纷繁的叙述中，其文笔仍然是保持简淡自然的，尤其难能可贵。

二、刻画人物，遗貌取神。这与上面的特点是一致的。《泥古不化》写刘羽冲个性偏执，迷信古制、古法，处处依古法行事，结果事事失败。死后，人们还常常见到他阴魂不息，口中翻来覆去念叨的只有一句话："古人岂欺我哉！"只用这一句话，便把刘羽冲这位偏执到令人无法相信的人物，概括得更活灵活现了。《书痴》里并没有正面写两位书呆子的迂腐，只是表现了他俩喋喋不休地引经据典、辩论门神是谁的过程，便把不懂世事的迂儒活画出来。

三、语言简朴流畅，富有表现力。比如在《唐打猎》中，写到老者打虎时，在他人或许会有许多关于其人的风采以及声势的描述，但纪昀只用几十个字的简洁准确的叙述，便把打虎人以及打虎过程全部交待清楚，而猎者的娴熟技艺、勇敢和镇定都在其中。不假雕饰而能写出人物性格、事件发展的文字，是要具备相当功力才能达到的。纪昀的优长正在这里。

对这样一部有成就、有特色的作品进行选译，将原著简练高雅的文笔翻译成现代汉语，就译注者的功力来说，自知难于传出原作的风神，唯力求准确、通畅而已。译注时所用的底本为上海古籍出版社 1980 年出版的校点本，各则故事前的标题是译注者拟的，谨此说明。

黄国声（中山大学中国古文献研究所）

老 学 究

明清科举考的是八股文章，热心于中进士、做官的人，便只知死捧着高头讲章和墨卷之类，日夜揣摩模仿，把天下大事、百姓苦乐以及有用的学问都置之脑后。这位塾师也深受八股之害，虽说读书一生，胸中却尽是些乌烟瘴气的东西，别无他物。这个故事通过老学究其人辛辣地讽刺了封建科举制度。至于鬼神自然是没有的，不过是作者借此用作讽刺手段罢了。

爱堂先生言：闻有老学究夜行[①]，忽遇其亡友。学究素刚直，亦不怖畏，问："君何往？"

曰："吾为冥吏，至南村有所勾摄，适同路耳。"

因并行。至一破屋，鬼曰："此文士庐也。"

问："何以知之？"

曰："凡人白昼营营，性灵汩没，惟睡时一念不生，元神朗彻[②]，胸中所读之书，字字皆吐光芒，自百窍而出。其状缥渺缤纷，烂如锦绣。学如郑、孔[③]，文如屈、宋、班、马者[④]，上烛霄汉，与星月争辉。次者数丈，次者数尺，以渐而差。极下者亦荧荧如一灯，照映户牖⑤。人不能见，惟鬼神见之耳。此室上光芒高七八尺，以是而知。”

【注释】

① 学究：此特指迂腐浅陋的读书人。② 元神：道家称灵魂为元神。③ 郑、孔：汉代的郑玄、孔安国，都是博通儒家经典的学者。④ 屈、宋、班、马：屈原、宋玉，是战国时代的文学家；班固、司马迁，是汉代的史学家、文学家。⑤ 牖(yǒu)：窗。

学究问：“我读书一生，睡中光芒当几许？”

鬼嗫嚅良久曰：“昨过君塾，君方昼寝，见君胸中高头讲章一部，墨卷五六百篇①，经文七八十篇②，策略三四十篇③，字字化为黑烟，笼罩屋上。诸生诵读之声，如在浓云密雾中。实未见光芒，不敢妄语。”

学究怒叱之，鬼大笑而去。

【注释】

① 墨卷：科举考试中，乡试、会试考中者的试卷，被书商刻印发卖，供以后准备应考的人作为范本，这种书叫墨卷。② 经文：明清科举考试的八股文，题目都出自四书五经，于是有人将这些经书中可能被作为出题的内容，分别写成一篇篇文章，供学生熟背和抄袭，这些文章叫经文。③ 策略：科举考试还要考策问，是就经书、历史、政治等方面提出问题，由考生逐一对答。有人便预先拟作了一些答

问文章，供别人熟背或抄袭，这些文章便叫策略。

卷一《滦阳消夏录》一

【翻译】

爱堂先生讲了这样一个故事：有位老学究走夜路，忽然遇到一位已经去世的朋友。老学究的品性一向刚强正直，对鬼并不畏惧，便问道："先生要去哪里？"鬼友答道："我在阴间当了个小官，现在到南边村子里去勾摄一个人的魂魄，正好和你同路。"于是两人一道往前走去。到了一座破旧房子前，鬼友告诉老学究："这是位文人住的房子。"学究问道："你是怎么知道的？"鬼友答道："人们白天劳碌奔波，真情实性都被淹没了。只有睡着的时候，一点杂念都没有，灵魂才清朗明净。这时，他胸中所读过的书本，每一个字都吐露着光芒，从身上各个孔窍透射而出。这些光芒若隐若现，纷纭交错，灿烂得像锦绣一样。那些学问像郑玄、孔安国，文才像屈原、宋玉、班固、司马迁那样的人，身上放出的光芒便直照太空，和星星月亮争相辉映；次一等的光芒有几丈高，再次一等的是几尺高。以下便按等级依次降低，到最低一级的也有荧荧如一盏灯火那样的光芒，照映于门窗之上。这些光芒，世上人是看不见的，只有鬼神才能见到。如今这房子上的光芒有七八尺高，因而知道是文人住的房子。"学究问道："我读了一辈子书，睡着时放出的光芒会有多高？"鬼友想说又不敢说地迟疑了好一阵，才说道："昨天我经过你的书塾，你正好在午睡。我看见你胸中有高头讲章一部，墨卷五六百篇，经文七八十篇，策略三四十篇，每个字都化作黑烟，笼罩在房子上。你的学生们诵读的声音，像淹没在浓云密雾之中。实在没有见到光芒，不敢乱说。”学究听了，愤怒地斥责鬼友，鬼友哈哈大笑地走了。

无赖吕四

吕四凶狠专横，到了无所忌惮的地步，虽得逞于一时，最终是自己害了自己。不过作者把这个结局归结为因果报应，却是不足取的。

沧州城南上河涯，有无赖吕四，凶横无所不为，人畏如狼虎。一日薄暮，与诸恶少村外纳凉。忽隐隐闻雷声，风雨且至。遥见一少妇，避入河干古庙中。吕语诸恶少曰："彼可淫也。"时已入夜，阴云黯黑。吕突入，掩其口。众共褫衣沓嬲①。俄电光穿牖，见状貌似是其妻，急释手问之，果不谬。吕大恚②，欲提妻掷河中。妻大号曰③："汝欲淫人，致人淫我，天理昭然，汝尚欲杀我耶？"吕语塞，急觅衣裤，已随风吹入河流矣。旁皇无计④，乃自负裸妇归。云散月明，满村哗笑，争前问状。吕无可置对，竟自投于河。

【注释】

① 褫(chǐ)：脱掉。沓嬲(tà niǎo)：轮奸。② 恚(huì)：愤怒。③ 号(háo)：哭喊。④ 旁皇：同"彷徨"。

盖其妻归宁①，约一月方归。不虞母家遘回禄②，无屋可栖，乃先期返。吕不知而遘此难。后妻梦吕来曰：“我业重，当永堕泥犁③。缘生前事母尚尽孝，冥官检籍④，得受蛇身，今往生矣。汝后夫不久至，善事新姑嫜⑤。阴律不孝罪至重，毋自蹈冥司汤镬也⑥。”

至妻再醮日⑦，屋角有赤练蛇垂首下视，意似眷眷。妻忆前梦，方举首问之，俄闻门外鼓乐声，蛇于屋上跳掷数四，奋然去。

【注释】

① 归宁：已嫁女子回娘家省视父母。② 遘（gòu）：遇。回禄：传说中的火神，后代指火灾。③ 泥犁：地狱。梵语的译音。④ 籍：登记册。⑤ 姑嫜：公婆。⑥ 汤镬（huò）：古代酷刑。汤是滚水，把人投入滚水中煮死。⑦ 再醮（jiào）：再嫁。

卷一《滦阳消夏录》一

【翻译】

沧州城南上河边，有个无赖叫吕四。他凶恶横暴，什么事都做得出来，人们怕他像怕虎狼一样。一天黄昏，吕四和几个恶少年在村外乘凉，忽听见隐隐有雷声，风雨将要来了。远远看见有个少妇，避入河岸边的古庙里去了。吕四对那些恶少年说：“我们可以去奸淫她。”当时已是晚上，阴云昏黑，吕四冲进去掩着妇人的嘴，其余的人一同脱去她的衣服，奸淫女子。不久，闪电光射入窗内，吕四见女子的状貌好像自己的妻子，急忙放开手一问，果然不错。

吕四大怒，想提着妻子丢入河里。妻子大声哭喊着："你想奸淫别人，才弄得别人奸淫了我，天理清清楚楚，你还想杀我吗？"吕四无话可说，急忙寻找她的衣裤，但已被风吹入河流了。吕四彷徨想不出办法，于是背起裸体的妻子往家走。这时云散月明，满村的人喧哗取笑，争着向前询问情况。吕四无言可答，竟自己去投河了。

原来他妻子回娘家探望，原先约定一个月才回来。不料娘家遭到火灾，没有房子住了，于是她只好提前回家。吕四不知道，因而造成这次灾难。后来他妻子梦见吕四来说："我罪孽深重，应当永远堕入地狱，只因我生前对母亲还能尽孝道，阴司官员查检册籍时定我应转世为蛇，现在我去投胎了。你的后夫不久会来，你好好侍奉新公婆吧。阴间的法律规定，不孝的罪最重，你可不要使自己将来陷入阴司的汤镬里呀。"

到了吕四妻子再嫁的日子，屋角有条赤练蛇低着头往下看，神情好像有点恋恋不舍。他妻子回想起前时的梦，正要抬头问它，这时听见门外传来打鼓奏乐的声音，蛇在屋上蹦跳了几下，迅速地爬走了。

利　己　心

这是一篇讽刺寓言。作者通过阴司审讯鬼魂的问答，讽刺了自命清高的士大夫和道貌岸然的道学家，指出他们也不免会有利己之心，反不及区区农妇之可敬。接着再进一层，指出当官的就算不怀利己之心，所到之处仅饮人家一杯水，都不能算尽职。只有做到为人民兴利除弊，解救疾苦，才是好官，否则便连木偶也不如了。封建时代平庸昏聩的官吏满天下，作者的讽刺是有感而发的。

北村郑苏仙，一日梦至冥府，见阎罗王方录囚[①]。有邻村一媪至殿前，王改容拱手，赐以杯茗，命冥吏速送生善处。郑私叩冥吏曰[②]："此农家老妇，有何功德？"冥吏曰："是媪一生无利己损人心。夫利己之心，虽贤士大夫或不免。然利己者必损人，种种机械[③]，因是而生；种种冤愆[④]，因是而造；甚至贻臭万年，流毒四海，皆此一念为害也。此一村妇而能自制其私心，读书讲学之儒，对之多愧色矣。何怪王之加礼乎！"郑素有心计，闻之惕然而寤[⑤]。

【注释】

① 录囚：审察记录囚犯的罪状。② 私叩：偷偷询问。③ 机械：巧诈。④ 愆（qiān）：罪过。⑤ 寤（wù）：睡醒。

郑又言，此媪未至以前，有一官公服昂然入，自称所至但饮一杯水，今无愧鬼神。王哂曰[①]："设官以治民，下至驿丞闸官[②]，皆有利弊之当理。但不要钱即为好官，植木偶于堂，并水不饮，不更胜公乎？"官又辩曰："某虽无功，亦无罪。"王曰："公一生处处求自全，某狱某狱，避嫌疑而不言，非负民乎？某事某事，畏烦重而不举，非负国乎？三载考绩之谓何[③]？无功即有罪矣。"官大踧踖[④]，锋棱顿减。王徐顾笑曰："怪公盛气耳。平心而论，要是三四等好官，来生尚不失冠带[⑤]。"促命即送转轮王[⑥]。

【注释】

① 哂（shěn）：微笑。② 驿丞闸官：驿是古时供传递政府文书的人或来往官员暂住、换马的处所，设丞以管理。驿丞是个小官。闸官：管水闸的官。③ 三载考绩：清代定例，每三年一次考查官员的政绩，做出评语，作为任免升降的依据。④ 踧踖（cù jí）：恭敬而不安的样子。⑤ 冠带：官员的衣帽，代指官职。⑥ 转轮王：俗传地狱有十殿阎罗，第十殿为转轮王，主管鬼魂转生阳世的事情。

观此二事，知人心微暧①，鬼神皆得而窥，虽贤者一念之私，亦不免于责备。“相尔在室”②，其信然乎！

【注释】

① 微暧(ài)：微，隐蔽。暧，昏暗，不明。② 相尔在室：《诗经·大雅·抑》有“相尔在室，尚不愧于屋漏”句，意思是反省一下你自己(的行为)，应该无愧于屋里的鬼神。

卷一《滦阳消夏录》一

【翻译】

北村人郑苏仙，一天梦里到了地府，见阎罗王正在审查记录犯人的罪状。有邻村一位老妇来到殿前，阎罗王见了，顿时面露恭敬之色，拱手致意，赐给她一杯茶，并命令阴官从速送她去投生个好地方。郑苏仙偷偷问阴官道：“她不过是个农家老妇，有什么功德？”阴官说：“这个老妇一生都没有利己损人的心。而这利己之心，虽是贤德的士大夫也难免的。但是，利己的人必定损害他人，于是种种奸诈行为，便由这里产生；种种冤仇罪过，便从这里制造出来。甚至落得遗臭万年，流毒四海，也都是这个念头造成的祸害。这个人虽是村妇，但能克制其私心，读书讲学的儒者，和她相比也应该惭愧。阎罗王对她礼遇，这有什么奇怪呢？”郑某素来悟性很好，听了这些话就惊醒了。

郑苏仙又说：这老妇未到之前，曾有一位官员，穿着官服昂然而入。他自称做官清廉，所到之处都只饮一杯水，现在可以无愧于鬼神。阎罗王笑道：“设立官职是为了治理人民，即使低至驿丞、闸官这等小官，都有兴利除弊的事要办。如果说凡是不要钱的便是好官，那么，摆个木偶于大堂，它连水都不饮，岂不更胜于你吗？”官员又辩解道：“我虽没有功劳，但也没有罪过。”阎王说：“你一生处处只求保全自己，某件某件案子，你为避嫌疑而不敢说话，这不是对不起人民吗？某件某件事情，你怕烦难而不愿兴办，这不是对不起国家吗？三年一次考核政绩的制度是怎么回事？没有政绩就是有罪过了。”官员显出十分恭敬而不安的样子，锋芒顿时削减。阎王慢慢回头看着他笑道：“我不过是怪你盛气凌人罢了。平心而论，你总还算是三四等的好官，来世还会有官做的。”说完，催促阴官将他送往转轮王那里。

从这两件事看来，可知人心虽然隐蔽不明，但鬼神却都能看得见，即便贤德的人有一点私心，也不能免于受责备。“相尔在室”这句话，的确是有道理的！

曹某不怕鬼

这是一个风趣的不怕鬼的故事。人鬼对峙,互不相让,这时人若能无所畏惧,则鬼的伎俩自穷,只得无可奈何地溜走。其实世间许多事情,亦复如此。这个故事给我们的教益,相信正是在这一点上。

曹司农竹虚言[①]:其族兄自歙往扬州[②],途经友人家。时盛夏,延坐书屋,甚轩爽。暮欲下榻其中,友人曰:"是有魅,夜不可居。"曹强居之。

【注释】

① 司农:掌管钱粮的官。清代的户部尚书也别称司农。② 歙(shè):今安徽省歙县。

夜半,有物自门隙蠕蠕入,薄如夹纸[①]。入室后,渐开展作人形,乃女子也。曹殊不畏。忽披发吐舌作缢鬼状。曹笑曰:"犹是发,但稍乱;犹是舌,但稍长,亦何足畏?"忽自摘其首置案上。曹又笑曰:"有

首尚不足畏，况无首耶！”鬼技穷，倏然灭。及归途再宿，夜半，门隙又蠕动。甫露其首，辄唾曰：“又此败兴物耶？”竟不入。

【注释】

① 夹纸：作夹带用的纸，极薄。旧时考生应试，私带预先抄好的文字资料或书籍入考场，叫做夹带。

此与嵇中散事相类①。夫虎不食醉人，不知畏也。大抵畏则心乱，心乱则神涣，神涣则鬼得乘之。不畏则心定，心定则神全，神全则沴戾之气不能干。故记中散是事者，称“神志湛然，鬼惭而去”②。

【注释】

① 嵇中散事：三国时魏国文学家嵇康，曾官居中散大夫，世称嵇中散。他不怕鬼的故事，分别见于《艺文类聚》卷四四和《太平广记》卷三一七中。② “神志湛然”二句：有关嵇康的故事中都没有这两句话。《太平广记》卷三一八引《幽明录》记阮德如不怕鬼的故事中有“德如心安气定，徐笑语之曰：‘人言鬼可憎，果然！’鬼赧而退”一段话，与此相似。纪昀或许将它误记为嵇康的事了。

卷一《滦阳消夏录》一

【翻译】

户部官员曹竹虚讲了这样一个故事：他的同族哥哥从

歙县前往扬州，途中经过友人家。当时正值盛夏，友人请他到书房里坐，这房间颇高敞凉爽。入夜，曹某打算就睡在这里。友人说："这里有鬼怪，夜里是不能住人的。"但曹某硬是要住在那里。

到半夜的时候，有样薄得似夹纸似的东西从门缝里缓慢地钻进来，入屋后，逐渐展开成为人形，却是个女人。这时曹某一点都不惧怕。那女人忽然披散头发，吐出舌头，变作吊死鬼的模样。曹某见了笑道："头发仍然是头发，不过稍微乱了些；舌头仍然是舌头，不过稍微长了些罢了。这有什么可惧怕的！"女鬼突然将自己的脑袋摘下来放到桌子上。曹某又笑道："有脑袋我尚且不怕，何况没有脑袋呢！"鬼的伎俩用尽，霎时便消失了。后来，曹某归途中又住在这屋子里，半夜时，门缝里又有东西在蠕动。那东西刚刚把脑袋伸进屋内，就吐唾沫骂道："又是这使人扫兴的家伙吗？"竟没进入屋内。

这个故事和嵇康的事很相似。比如老虎不吃醉了的人，是因为醉人不知道害怕。一般来说，凡是害怕便会心乱，心一乱便会精神涣散，精神涣散了，鬼神便能乘虚而入。如果不畏惧，便能心定，心定则精神能保持完整，精神完整便令邪恶之气不能侵入。所以记载嵇康这件事的书，说是嵇康"神志清定，鬼只得惭愧地走了"。

菜　人

旧时代自然灾害时常发生，人吃人的惨剧也不罕见。明末政治极端腐败，人祸天灾接连不断，终于导致李自成的农民大起义。至清初，即使远在广东，人食人这种惨事也时有发生。诗人屈大均曾写有《菜人哀》一诗，就叙述一妇人自愿卖给屠户作“菜人”，为的是换取金钱使丈夫免遭饿死。诗中描绘肢解生人的惨酷情状，令人惊心动魄。至于本文周某行善而得以延续后代，那只是巧合，作者附会到迷信上去，是不可信的。

景城西偏①，有数荒冢，将平矣。小时过之，老仆施祥指曰：“是即周某子孙，以一善延三世者也。”

盖前明崇祯末②，河南、山东大旱蝗，草根木皮皆尽，乃以人为粮，官吏弗能禁。妇女幼孩，反接鬻于市，谓之菜人。屠者买去，如刲羊豕。

周氏之祖，自东昌商贩归③，至肆午餐。屠者曰：“肉尽，请少待。”俄见曳二女子入厨下，呼曰：“客待久，可先取一蹄来！”急出止之，闻长号一声，则一女已生断右臂，宛转地上；一女战栗无人色。见周，并哀呼，一求速死，一求救。周恻然心动，并出资赎之。一无生理，急刺其心死；一携归，因无子，纳为妾。竟生一男，右臂有红丝，自腋下绕肩胛，宛然断臂女也。后传三世乃绝。皆言周本无子，此三世乃一善所延云。

【注释】

①景城：河北献县村庄名，作者祖居于此。②崇祯：明代最后一个皇帝的年号。③东昌：府名，治所在今山东省聊城市。

卷二《滦阳消夏录》二

【翻译】

景城村偏西的地方，有几座荒凉的坟墓，快要被风雨侵蚀平了。我幼年时路过那里，老仆人施祥指着它说：“这是周某的子孙，周某就是那个由于做了善事，使后代延续了三世的人。”

前朝崇祯末年，河南、山东发生大旱和蝗灾，草根树皮都被饥民吃光了，于是便拿人来做食物，官府也禁止不住。妇女和儿童被反绑起来在市集上出卖，叫做菜人。屠户买去后，将这些菜人像牛羊般地宰杀。

这周家的祖先，从东昌府经商归来的路上，到一个店里吃午饭。屠户说：“肉已经卖完了，请稍等一下。”一会儿，便见他拖着两个女人到厨房去，大声说道：“客人等待很久了，可先取一个蹄子来！”周某急忙前去制止，只听一声长长的惨叫，一个女人已被活生生地砍断了右臂，痛得满地打滚。另一个女人则吓得浑身发抖，面无人色。她俩见周某进来，一起哀叫着，一个要求让她快点死去，以免再受痛苦，另一个则请求救她一命。

周某见这情景，不禁动了恻隐之心，便出钱把她们赎过来。那断臂的女人眼看活不成了，只好马上用刀刺进她的心窝，结束了她的生命。另一个便带回家里。周某因为没有儿子，便将这女人纳为侍妾。后来终于生下个儿子，这儿子右臂有条红线，从腋下绕过肩胛，和断臂女子的情形一模一样。

从此，周氏传续了三代才绝后。人们都说周某命里本该没有儿子的，能够得以延续三代，是因为做了那件善事的缘故。

老儒肆诈

老儒用装神扮鬼的手段捞取便宜，自以为伎俩高明，可以瞒人耳目，不料一件意外小事便把他的阴谋揭穿了。可见虚伪的东西，总归是要暴露的。旧时代的闹鬼，相信也多同这件事有类似之处。

淮镇在献县东五十五里，即《金史》所谓槐家镇也。有马氏者，家忽见变异：夜中或抛掷瓦石，或鬼声呜呜，或无人处突火出，嬲岁余不止①。祷禳亦无验②，乃买宅迁居。有赁居者，嬲如故，不久亦他徙。以是无人敢再问。

【注释】

① 嬲：骚扰。② 祷禳（ráng）：祈祷鬼神以求消灾除祸。

有老儒不信其事，以贱价得之。卜日迁居①，竟寂然无他。颇谓其德能胜妖。既而有猾盗登门与诟争②，始知宅之变异，皆老儒贿盗夜为之，非真魅也。先姚安公曰:“魅亦不过变幻耳。老儒之变幻如是,即谓之真魅可矣。”

【注释】

① 卜日:选择日子。② 诟(gòu):辱骂。

卷三《滦阳消夏录》三

【翻译】

淮镇在献县东面五十五里处,就是《金史》中所称的槐家镇。有一位姓马的,家中忽然出现变幻怪异的事情:半夜时或者有瓦片石块抛掷,或者有呜呜的鬼叫声,或是无人的地方突然冒出火来;骚扰了一年多没有停止。主人祷告祭神也无效,于是另买一所房子搬走了。有租住这所房子的人,照样被骚扰戏弄,不久也搬走了。因此便没有人敢再来居住。有位老儒士不信这种事,用贱价买了那所房子,选好日子搬进去居住,竟安静无异常。有些人便说是他的品德能制服妖魔。过了不久,有个刁猾贼人上门和老儒争执辱骂,于是人们才知道这所房子的种种变幻怪异,都是老儒士用钱买通那贼人在夜里干的,并非真的有鬼魅。先父姚安公说:“鬼魅也不过会变幻罢了。老儒士能够玩弄这样的伎俩,即使称他是真鬼魅也可以了。”

荔 姐

荔姐的机智和镇定，是值得赞许的，至于作者把那个恶少因惊悸而致病归于神明的报应，就不必相信了。

满媪，余弟乳母也，有女曰荔姐，嫁为近村民家妻。一日，闻母病，不及待婿同行，遽狼狈而来。时已入夜，缺月微明，顾见一人追之急，度是强暴，而旷野无可呼救。乃隐身古冢白杨下，纳簪珥怀中，解绦系颈，披发吐舌，瞪目直视以待。其人将近，反招之坐。及逼视，知为缢鬼，惊仆不起。荔姐竟狂奔得免。比入门，举家大骇，徐问得实，且怒且笑。方议向邻里追问，次日，喧传某家少年遇鬼中恶，其鬼今尚随之，已发狂谵语。后医药符箓皆无验①，竟颠痫终身。

【注释】

① 符箓(lù)：道士所画的图形或线条，哄骗人说它能驱使鬼神，消灾求福。

此或由恐怖之余，邪魅乘机而中之，未可知也。或一切幻象，由心而造，未可知也。或神明殛恶，阴夺其魄，亦未可知也。然均可为狂且戒[1]。

【注释】

① 狂且（jū）：轻薄少年。

卷三《滦阳消夏录》三

【翻译】

满老太婆是我弟弟的奶妈，她有个女儿名叫荔姐，嫁给了附近的村民为妻。有一天，荔姐听说母亲病了，心中焦急，也不等丈夫同行，便狼狈地奔向娘家。

当时天已经黑了，只有缺月透着点微光。她一回头，见后边有个人急急地追来。荔姐估摸着这是个强暴之徒，可这旷野之中又没有一个人可以呼救。于是，她就藏身在一座坟墓边的白杨树下，取下簪子和耳环揣入怀里，然后解下衣带系在脖子上，披散头发，吐出舌头，瞪大眼睛直勾勾地朝前凝视，等待来人。那人将要走近了，她不仅不躲避，反而招呼那人坐下。那人近前一看，以为是个吊死鬼，顿时吓得跌倒在地上起不来。荔姐趁这机会拼命飞跑，终于避免了侵害。

当荔姐踏入家门时，全家人见她这副模样，不禁大吃一惊。随后慢慢问清事情经过，大家又气恼又觉得可笑。正在议论要向邻居追查那个狂徒，第二天，便听见村子里闹哄哄地传开了，说是某家一个少年遇鬼中了邪，那鬼现在还跟在他身边，他已发疯并说胡话了。后来，他家为他请医服药，请道士画驱鬼逐邪的符箓，但都没有效。这少年竟终身得了癫痫病。

这病或许是因为恐怖之余，妖邪乘虚而侵袭了他；或许这一切幻象，都是那少年心中的幻觉造成的；或许是神明要谴责坏人，暗中夺去了他的魂魄。究竟如何，我们并不清楚。但是，无论怎样，此事都可以成为轻薄少年的鉴戒。

辨　　鬼

鬼魂诉冤，所穿服饰与死者相同，不由得使唐执玉坚信不疑，以为铁案如山，不可改变。原审官员虽百般申辩，也不考虑。怎料鬼诉却是人为，作伪者正是利用人们迷信鬼神的弱点，逞其伎俩。这恰好说明了迷信的为害和鬼神的并不存在。

制府唐公执玉[①]，尝勘一杀人案，狱具矣。一夜秉烛独坐，忽微闻泣声，似渐近窗户。命小婢出视，噭然而仆[②]。公自启帘，则一鬼浴血跪阶下。厉声叱之。稽颡曰[③]："杀我者某，县官乃误坐某。仇不雪，目不瞑也。"公曰："知之矣。"鬼乃去。

【注释】

① 制府：总督。清代管理一省或几省的官员。② 噭(jiào)：呼喊声。③ 稽颡(sǎng)：叩头。

翌日，自提讯。众供死者衣履，与所见合。信益

坚，竟如鬼言改坐某。问官申辩百端，终以为南山可移，此案不动[①]。其幕友疑有他故，微叩公，始具言始末。亦无如之何。

【注释】

①“南山可移”句：唐太平公主与人争磨坊，雍州司户参军李元纮判还原主，雍州长史命元纮改判，元纮在判决书后写道：“南山可移，判不可摇也。”见《新唐书·李元纮传》。

一夕，幕友请见，曰：“鬼从何来？”曰：“自至阶下。”“鬼从何去？”曰：“欻然越墙去[①]。”幕友曰：“凡鬼有形而无质，去当奄然而隐[②]，不当越墙。”因即越墙处寻视，虽甃瓦不裂[③]，而新雨之后，数重屋上皆隐隐有泥迹，直至外垣而下。指以示公曰：“此必囚贿捷盗所为也。”公沉思恍然，仍从原谳[④]。讳其事，亦不复深求。

【注释】

① 欻（xū）：忽然。② 奄（yǎn）：急遽。③ 甃（zhòu）：本意是用砖砌的井栏，这里指砖墙。④ 谳（yàn）：审判定案。

卷三《滦阳消夏录》三

【翻译】

唐执玉制府曾复审一件杀人案，案子已经定了。一夜，唐点起蜡烛独坐，忽然隐约听到哭泣声，好像逐渐靠近窗户。他叫婢女出去看看，只听大叫一声，婢女跌倒在地。唐执玉撩开门帘出来，便见一鬼满身鲜血跪在堂阶下。唐大声呵斥它。鬼叩头道："杀我的是某甲，县官却错判是某乙。这个仇不报，我是不能闭眼的。"唐执玉说道："知道了。"那鬼便走了。

第二天，唐执玉亲自提审。案中众人供认死者的衣服鞋子，与他昨晚所见的鬼穿戴完全相同。于是唐执玉更加相信鬼的申诉，竟按它的指控改判某甲是凶手。负责审理此案的官员举出种种理由申辩，但唐执玉始终认为南山可移，这个案子是不能翻的了。他的幕客怀疑另有缘故，委婉曲折地询问唐执玉，唐这才将那晚的事从头到尾说了。幕客听了，也没有什么办法。

一夜，幕客求见唐执玉，问道："鬼是从哪里来的？"答道："它自己来到阶下。"幕客又问："鬼从哪里走的？"答道："忽然翻过墙头走了。"幕客道："凡是鬼都只有形状而没有实质，它离开的时候应该是飘然隐没，不应该是翻墙而走。"于是两人便一同到翻墙的地方寻看。虽然墙上的瓦没有破裂，但刚刚下过雨，几重屋面上都隐约有泥迹，泥迹直到外院墙落地。幕客指着这些痕迹给唐执玉看，说道："这必定是罪犯买通身手快捷的盗贼干的。"唐沉思之后，恍然大悟，决定仍维持县官原来的判决。他隐瞒了这件事，也没再对这骗局加以追究。

僧　诈

景城寺僧造弄出许多菩萨显灵的现象，却又极力否认这些神异的存在，以骗取人们的信任，其巧妙更在一般骗术之上。但不管他心思多巧，方法多周详，最后还是以人财两失告终。

景城南有破寺①，四无居人，惟一僧携二弟子司香火，皆蠢蠢如村佣，见人不能为礼。然谲诈殊甚，阴市松脂炼为末，夜以纸卷燃火撒空中，焰光四射。望见趋问，则师弟键户酣寝，皆曰不知。又阴市戏场佛衣，作菩萨罗汉形，月夜或立屋脊，或隐映寺门树下。望见趋问，亦云无睹。或举所见语之，则合掌曰："佛在西天，到此破落寺院何为？官司方禁白莲教②，与公无仇，何必造此语祸我？"人益信为佛示现，檀施日多③。

【注释】

① 景城：已见前《菜人》篇注。② 白莲教：混合有佛教、明教、弥勒教等内容的秘密宗教组织。农民起义常用它作为组织斗争的工具。清代对白莲教禁得很严。③ 檀施：布施。

然寺日颓敝，不肯葺一瓦一椽[1]，曰："此方人喜作蜚语，每言此寺多怪异。再一庄严，惑众者益藉口矣。"

【注释】

① 葺(qì)：修理。

积十余年，渐致富。忽盗瞰其室[1]，师弟并拷死，罄其资去[2]。官检所遗囊箧，得松脂戏衣之类，始悟其奸。

【注释】

① 瞰(kàn)：俯视。② 罄(qìng)：尽。

此前明崇祯末事。先高祖厚斋公曰："此僧以不蛊惑为蛊惑[1]，亦至巧矣。然蛊惑所得，适以自戕[2]，虽谓之至拙可也。"

【注释】

① 蛊(gǔ)惑：欺骗、迷惑。② 自戕(qiāng)：自己残害自己。

卷三《滦阳消夏录》三

【翻译】

景城村南边有座破落佛寺,四周没有住户。寺里只有一个和尚带着两个徒弟掌管香火,他们都蠢钝得像乡下的雇工,见了人不懂得行礼。但这几个和尚实际上诡诈得很,他们暗中买来松香,用火炼成粉末,夜里用纸卷起来点燃撒向空中,焰火四射。人们望见前往询问,却见师徒正关门熟睡,他们都说不知道这事。师徒等又暗中买来戏台上的佛衣,做成菩萨、罗汉的模样,月夜时,将它们或竖立在屋脊上,或隐约掩映于寺门树下。人们望见前去询问,他们也说没有见到。有人将所见到的情形告诉他们,他们就合掌说道:“佛在西天,到这破落寺院做什么?现在官府正禁白莲教,我和先生们无冤无仇,何必造出这些事来害我?”人们于是更加相信那是佛的显灵,布施也一天天多起来。但寺院却一天天破败,他们也不肯修葺一瓦一椽,说:“这里的人喜欢制造流言蜚语,常说这寺院出许多怪异的事。我们如果再加装修,那么,造谣惑众的人就更会有借口了。”过了十多年,他们渐渐富起来了。一天,强盗忽然光顾了他们的屋子,师徒都被拷打致死,他们的全部财物也都被拿走。官员们检查所剩下的袋子箱箧,发现有松香、戏服等物品,这才领悟到他们的奸计。

这是前朝明崇祯末年的事。先高祖厚斋公说:“这个和尚以不显得欺诈的手段来欺诈人,也算是十分巧妙了。但是用欺诈方法得来的东西,正好又用来害了自己。从这一点看,即使说他是最笨拙的人也可以的。”

泥古不化

盲目崇拜古人，盲目照搬古代经验和制度的泥古者，在封建时代是常有的。但泥古不化到像刘羽冲这样，则较为罕见了。他据古法来用兵则兵败，来修水利则反遭水淹，这真是绝妙的讽刺。“古人岂欺我哉！”一句话，活画出刘羽冲深陷泥古的泥坑中至死不悟的可笑形象。

刘羽冲，佚其名①，沧州人。先高祖厚斋公多与唱和②。性孤僻，好讲古制，实迂阔不可行。尝倩董天士作画③，倩厚斋公题。内《秋林读书》一幅云：“兀坐秋树根，块然无与伍。不知读何书，但见须眉古。只愁手所持，或是井田谱④。”盖规之也⑤。

【注释】

① 佚其名：不知道他的名。羽冲是其人的字或号。② 唱和：用诗词赠答或互相和诗。③ 倩：委托。④ 井田谱：宋代夏休著《周礼井田谱》，研究周代所实行的井田制度。⑤ 规：规劝。

偶得古兵书，伏读经年，自谓可将十万。会有土寇，自练乡兵与之角，全队溃覆，几为所擒。又得古水利书，伏读经年，自谓可使千里成沃壤。绘图列说于州官。州官亦好事①，使试于一村。沟洫甫成②，水大至，顺渠灌入，人几为鱼。

【注释】

① 好(hào)事：喜欢多事。② 沟洫(xù)：田间灌溉排水的水道。

由是抑郁不自得，恒独步庭阶，摇首自语曰："古人岂欺我哉！"如是日千百遍，惟此六字。不久，发病死。后风清月白之夕，每见其魂在墓前松柏下，摇首独步。侧耳听之，所诵仍此六字也。或笑之，则欻隐。次日伺之，复然。泥古者愚①，何愚乃至是欤！

【注释】

① 泥(nì)古：拘泥于古代的成规或古人的说法。

阿文勤公尝教昀曰①："满腹皆书能害事，腹中竟无一卷书，亦能害事。国弈不废旧谱②，而不执旧谱③；国医不泥古方④，而不离古方。故曰：'神而明之，存乎其人。'又曰：'能与人规矩⑤，不能使人巧。'"

【注释】

① 阿文勤公：清满洲正白旗人阿克敦，文勤是他的谥号。② 国弈：全国第一流水平的围棋手。③ 不执：不偏执。④ 国医：国家一级水平的医生。⑤ 规矩：古代用以校正圆形和方形的工具。

卷三《滦阳消夏录》三

【翻译】

刘羽冲，他的名字已不知道，是沧州人氏。我死去的高祖父厚斋公曾经常和他诗词唱和。他性情孤僻，喜欢讲求古代的典章制度，其实是不切实际和行不通的。他曾请董天士为自己画画，又托厚斋公题诗。其中一幅《秋林读书》的画，厚斋公题的是："兀坐秋树根，块然无与伍。不知读何书，但见须眉古。只愁手所持，或是井田谱。"就是因为要规劝他才这样题的。

刘羽冲偶然得到一部兵书，伏案读了一年，自认为可以带兵十万了。刚巧这时发生了土寇变乱，刘羽冲自行训练乡兵与他们战斗，结果整个队伍溃败，自己也几乎被擒。他又得到过古代兴修水利的书，伏案读了一年，自认为可以使千里之地变成肥沃的土壤，于是绘图列上措施呈给州长官。州官也是个喜欢多事的人，便叫刘羽冲在一个村子里试行。田间水渠刚刚修完，就发大水了，水顺着沟渠灌入，全村的人几乎都成了水里的鱼。

从此，刘羽冲抑郁不得意，常独自在庭院台阶上走来走去，摇头自语道："古人难道会骗我吗！"就这样，每天念叨千百次，都只是这一句话。不久，他便发病死了。以后，每逢风清月白之夜，常见到他的魂魄在墓前的松柏树下，摇着头独自走来走去。人们侧耳细听，所念叨的仍是这一句话。有人取笑他时，鬼魂便突然隐灭。第二天去探看，他依然是那样。拘泥于古代成规的人是很愚蠢的，但怎会愚蠢到这个地步呢？

阿文勤公曾教导我说："人满肚子都是书，是会误事的；肚里全无一卷书，也能误事。全国第一流的围棋手并不废弃旧传的棋谱，但不会固执依照旧谱。具有国家级水平的医生不拘泥于古代的医方，但也不会背离古方。所以说'神而明之，全在于运用它的人'。又说：'别人只能给你画圆的规、画方的矩，却不能使你手巧。'"

祈梦决狱

审理案件，本是关系到当事人生死利益的严肃事情，可是封建时代的官吏昏庸无能，儿戏从事，把梦中的情景胡乱联系，随意作为判案的依据，致使冤狱滋生，是非颠倒，令人慨叹。作者指出，祈梦决狱的玩意，只不过是用来吓唬老百姓的手段；被誉为应验的，也只是事后的凑合附会罢了。

再从伯灿臣公言①：曩有县令，遇杀人狱不能决，蔓延日众，乃祈梦于城隍祠。梦神引一鬼，首戴磁盎②，盎中种竹十余竿，青翠可爱。觉而检案中有姓祝者，祝竹音同，意必是也。穷治无迹。又检案中有名节者，私念曰："竹有节，必是也。"穷治亦无迹。然二人者九死一生矣。计无复之，乃以疑狱上，请别缉杀人者，卒亦不得。

【注释】

① 再从伯：父亲同祖父的兄弟，即父亲的堂兄。② 盎：腹大口小的盆子。

夫疑狱，虚心研鞫[1]，或可得真情。祷神祈梦之说，不过慑伏愚民，绐之吐实耳[2]。若以梦寐之恍惚，加以射覆之揣测[3]，据为信谳，鲜不谬矣。古来祈梦断狱之事，余谓皆事后之附会也。

【注释】

① 鞫(jū)：审问。② 绐(dài)：哄骗。③ 射覆：古代一种游戏。先将某物用器具覆盖着，然后令人射（猜）是某物。

卷四《滦阳消夏录》四

【翻译】

我的再从伯灿臣公讲了这样一件事：从前有位知县，遇到件杀人案，无法判决，被牵连的人一天天多起来。于是他到城隍庙要求神赐梦指点。梦中见神领来一鬼，那鬼头顶着瓷盆，盆中种着十来竿竹子，青翠可爱。醒后他翻阅案卷，见有姓祝的人，“祝”“竹”同音，心想必定是他了。严刑审问，并无可疑之迹。他又翻阅案卷，见有名字叫“节”的人，暗自想道：“竹子是有节的，必定是这个人了。”又严加审问，也没有可疑的罪迹。而这两个人已经被拷打得九死一生了。他再没有别的办法，于是便以疑案上报，请准予另行缉捕凶手，但始终也没抓到。

但凡是疑案，如果虚心研究和审讯，或许能审出真实情况来。祷告神灵祈求赐梦的做法，不过是用以威吓无知的老百姓，哄他说出实情罢了。如果用梦中所见的恍惚印象，加以射覆般的猜测，据以作为确当的判决，那就少有不错误的。从古以来祈梦判案的事，我认为都是事后加以附会的。

雷　击　案

和上一篇求梦判案不同,这是一篇机智严密的判案记录。知县明晟有丰富的办案经验,他深入调查审讯,使作伪者无所遁形。本篇是《阅微草堂笔记》办案故事中的精彩之篇。

雍正壬子六月①，夜大雷雨，献县城西有村民为雷击。县令明公晟往验②，饬棺殓矣。越半月余，忽拘一人讯之曰：“尔买火药何为？”曰：“以取鸟。”诘曰：“以铳击雀③，少不过数钱，多至两许，足一日用矣。尔买二三十斤何也？”曰：“备多日之用。”又诘曰：“尔买药未满一月，计所用不过一二斤，其余今贮何处？”其人词穷。刑鞫之，果得因奸谋杀状，与妇并伏法。

【注释】

① 雍正壬子：清代雍正十年。② 晟(shèng)：明晟，人名。③ 铳：火枪。

或问："何以知为此人？"曰："火药非数十斤不能伪为雷。合药必以硫黄。今方盛夏，非年节放爆竹时，买硫黄者可数。吾阴使人至市，察买硫黄者谁多，皆曰某匠。又阴察某匠卖药于何人，皆曰某人。是以知之。"又问："何以知雷为伪作？"曰："雷击人，自上而下，不裂地。其或毁屋，亦自上而下。今苫草屋梁皆飞起①，土炕之面亦揭去，知火从下起矣。又此地去城五六里，雷电相同。是夜雷电虽迅烈，然皆盘绕云中，无下击之状，是以知之。尔时其妇先归宁，难以研问。故必先得是人，而后妇可鞫。"此令可谓明察矣。

【注释】

① 苫(shān)：用草编成的覆盖物。

卷四《滦阳消夏录》四

【翻译】

清代雍正十年六月，一天夜里发生大雷雨，献县县城西边有一村民被雷击毙。知县明晟前往勘验，命令将死者殡殓入棺了。过了半个多月，明晟突然拘捕了一个人，审问他道："你买火药做什么？"答道："用来打鸟。"明晟盘问道："用火枪打雀，使用火药少的不过几钱，多的不过一两左右，足够一天用了。你买二三十斤，是什么缘故？"答道："准备许多天用的。"又问道："你买火药不满一个月，计算起来用去的不过一二斤，其余的现在存放在哪里？"那个人无话可答。明晟于是用刑审问，果然审出他因奸谋杀的情形，和奸妇一起被处了死刑。

有人问明晟："你怎知道是这个人干的？"答道："火药非要几十斤不能伪装成雷。配制火药必须用硫磺。现在正是盛夏，并非过年过节燃放爆竹的时候，买硫磺的人少得可以数出来。我暗中派人到市场上，调查购买硫磺的人哪个买得多，人们都说是某工匠。又暗中调查某工匠将火药卖给谁，人们都说是卖给某人，因此便知道了。"又问："你怎么知道那雷是伪造的呢？"答道："雷轰击人，是自上而下的，不会劈裂地面。有时击毁房屋，也是自上而下。现在这宗案件，屋顶苫草和横梁都飞起，土炕的炕面也被揭去，可知火是从下面起来的了。另外，这地方离城五六里远，雷电应该是相同的。那夜雷电虽然迅猛强烈，但都是盘绕在云里头，没有向下轰击的情况，所以知道那雷是假的。当时那妇人已先回娘家了，难以追究盘问。所以必须先抓到这个人，然后才能审那妇人。"这位知县真称得上是明察秋毫了。

女巫作伪

巫婆装神弄鬼，本是欺人之术，但何以常有点小灵验，因而能迷惑群众呢？本篇揭露了其中内幕，使迷信的人可以由此及彼，明白一切鬼神变幻，大抵都是采取这类伎俩弄出来的。至于托言狐神来揭发巫婆的奸计，则是作者在破除这一迷信时又陷入另一种迷信中了。

女巫郝媪①，村妇之狡黠者也。余幼时，于沧州吕氏姑母家见之②。自言狐神附其体，言人休咎③。凡人家细务，一一周知，故信之者甚众。实则布散党徒，结交婢媪，代为刺探隐事，以售其欺④。

【注释】

① 媪(ǎo)：年老的妇女。② 沧州：今河北省沧州市。③ 休咎(jiù)：吉凶。④ 售：达到、实现。

尝有孕妇，问所生男女，郝许以男。后乃生女，妇诘以神语无验。郝瞋目曰①："汝本应生男，某月某日，汝母家馈饼二十，汝以其六供翁姑②，匿其十四自食。冥司责汝不孝，转男为女。汝尚不悟耶？”妇不知此事先为所侦，遂惶骇伏罪。其巧于缘饰皆类此③。

【注释】

① 瞋（chēn）：睁大眼睛瞪人。② 翁姑：公婆。③ 缘饰：用各种理由掩饰假话。

一日，方焚香召神，忽端坐朗言曰：“吾乃真狐神也。吾辈虽与人杂处，实各自服气炼形①，岂肯与乡里老妪为缘②，预人家琐事？此妪阴谋百出，以妖妄敛财，乃托其名于吾辈。故今日真附其体，使共知其奸。”因缕数其隐恶，且并举其徒党姓名。语讫，郝霍然如梦醒，狼狈遁去。后莫知所终。

【注释】

① 服气炼形：服气，道家修炼之术，方法是口中吐出浊气，鼻孔吸入清气，故又称吐纳。炼形，狐类通过修炼变成人形。② 妪（yù）：年老妇人。

卷四《滦阳消夏录》四

【翻译】

女巫郝老太婆，是个狡诈的乡村女人。我幼年时，在沧州吕氏姑母家见过她。她自称狐神附在身上，能够预言人家的祸福。人们家中一切琐碎事情,她件件都知道。因此,信她的人很多。其实她分布了党徒,结交人家的婢女仆妇,代为刺探各家的隐私,以达到她诈骗的目的。

曾有一位孕妇,问她将会生男还是生女,郝巫婆预言是男的,后来却生了个女儿。妇人质问她何以神的话不灵验,郝巫婆发怒瞪起眼说:"你本应是生男孩的,但某月某日,你娘家赠送饼食二十件,你将其中六件送上给公婆,藏起十四件自己吃了。阴司怪你不孝,于是把你该生的男孩转为女孩。你还不醒悟吗?"孕妇不知这事老早就被巫婆探听到,便惊恐地认罪了。郝巫婆的善于找理由遮掩其骗术,都和这件事相同。

一天,郝巫婆正在烧香请神,忽然端正地坐着,高声说道:"我是真正的狐神哪。我虽然和人类混杂相处,实在是各自去吐纳修炼人形,怎肯同这乡下老婆子混在一起,去理人家的琐碎事情呢?这老婆子诡计多得很,用妖邪怪诞的办法捞钱,却假借我们的名义。因此,今天我真的附到她身上,使大家都知道她的奸计。"于是逐件细数郝巫婆偷偷干下的坏事,并且举出她的党徒的姓名。说罢,郝巫婆霍然像从梦中醒来一样,狼狈地逃跑了。她的结局怎样,后来也没有人知道了。

张　福

旧社会的讼案，正如本篇所说，是“讼情万变，何所不有”。除了顶凶代死、贿和鬻亲之外，还有像张福那样令人意想不到的案情。官员倘不审慎，则含冤者就沉冤莫白了。

张福，杜林镇人也①，以负贩为业。一日，与里豪争路，豪挥仆推堕石桥下。时河冰方结，觚棱如锋刃②，颅骨破裂，仅奄奄存一息③。里胥故嗛豪④，遽闻于官。官利其财，狱颇急。福阴遣母谓豪曰：“君偿我命，与我何益？能为我养老母幼子，则乘我未绝，我到官言失足堕桥下。”豪诺之。福粗知字义，尚能忍痛自书状。生供凿凿，官吏无如何也。福死之后，豪竟负约。其母屡控于官，终以生供有据，不能直。豪后乘醉夜行，亦马蹶堕桥死⑤。皆曰：“是负福之报矣。”

【注释】

① 杜林镇：在今河北省沧州市西面。② 觚（gū）：棱角。③ 奄奄：气息微弱。④ 里胥（xū）：即里正，一里之长。里是古代乡以下的基层行政单位。嗛（xián）：与“衔”同，

怀恨。⑤ 马蹶(jué):马失足跌倒。

先姚安公曰:“甚哉,治狱之难也! 而命案尤难:有顶凶者①,甘为人代死;有贿和者,甘鬻其所亲②,斯已猝不易诘矣。至于被杀之人,手书供状,云非是人之所杀。此虽皋陶听之③,不能入其罪也。倘非负约不偿,致遭鬼殛④,则竟以财免矣。讼情万变,何所不有,司刑者可据理率断哉!”

【注释】

① 顶凶:顶替犯死罪的凶手,代为偿命。清代赵翼《檐曝杂记》记载:福建有两族人械斗。未斗之前,各族先议定由哪几个人准备将来为死者顶罪偿命。这些人遗下的妻子儿女由族内公产赡养。所以往往出现并非凶手而甘愿认罪、虽用刑审问也不改口的事。② 鬻(yù):卖。③ 皋陶(gāo yáo):传说上古舜帝时掌刑律的官员。④ 殛(jí):诛杀。

卷五《滦阳消夏录》五

【翻译】

张福,杜林镇人,以担货贩卖为职业。一天,他和镇上一个土豪相遇争路,土豪指挥仆人把张福推坠到石桥下面。当时河水正结冰,冰的棱角像锋利的刀刃,张福被撞得颅骨破裂,只剩下一丝微弱的呼吸。里正一向怀恨那土豪,马上向官府报告。官员想借此在土豪身上捞一把,因此案子办理得很急。张福暗中叫母亲去对土豪传话："你偿我的命，对我有什么好处？如果你能为我养活老母和幼子，则趁我未死，我可到官府说明是自己失足跌落桥下的。"土豪答应了。张福粗略识些字，还能够忍着疼痛自行写了状词。活着的受害人的供词确确凿凿，官吏也无可如何了。张福死后，土豪竟违背诺言。张福的母亲多次向官府控告，但因有张福生前证供为据，始终不能平反。后来土豪醉中骑马夜行，因马失蹄跌落桥下而死。人们都说："这是他对不起张福的报应呀！"

先父姚安公说："审判案件的确很难呀，而人命案尤其难：有顶替凶手的，甘愿代别人受死刑；有用钱疏通私自了结的，甘愿出卖其亲人。这些已经是仓促间不易审清的了。至于被杀的人亲手写下供词，说明自己不是那个人所杀，这事就算叫皋陶来审理，也不能判那凶手有罪呀。要不是凶手违约不付钱，以致遭到鬼神的诛杀，则竟可以用钱财逃脱罪责了。诉讼的情况千变万化，什么花样没有？掌管刑律的官员能只据事理来轻率判决吗！"

回　　煞

回煞是个古老的迷信习俗，北齐颜之推的《颜氏家训》中即有这方面的记载。直到现代，也仍有无知的人相信这一套。读了本篇当可破除这一迷信了。

表叔王碧伯妻丧，术者言某日子刻回煞①，全家皆避出。有盗伪为煞神，逾垣入，方开箧攫簪珥②，适一盗又伪为煞神来，鬼声呜呜渐近。前盗皇遽避出，相遇于庭，彼此以为真煞神，皆悸而失魂，对仆于地。黎明，家人哭入，突见之，大骇，谛视乃知为盗③。以姜汤灌苏，即以鬼装缚送官。沿路聚观，莫不绝倒。

【注释】

① 子刻：古代以干支记时，子刻即子时，为夜间十一时至翌晨一时的一段时间。回煞：旧时迷信的说法，按人死时的年月日推算所谓鬼魂回家的时间，并说这时会有凶煞出现，家人都须走避，以免危险。② 攫（jué）：抓取。簪珥：首饰。③ 谛（dì）视：仔细看。

据此一事，回煞之说当妄矣。然回煞形迹，余实屡目睹之。鬼神茫昧[1]，究不知其如何也。

【注释】

① 茫昧：模糊不清。

卷五《滦阳消夏录》五

【翻译】

我表叔王碧伯的妻子去世，占卦的人说某天子时回煞，于是全家的人都外出避开。这时有个贼人伪装成煞神，翻墙入屋，正在打开箱子抓取首饰，恰巧又有另一贼伪装成煞神来了，发出呜呜的鬼声渐渐逼近。前一贼仓皇逃出去，和后一贼人在院子里相遇。彼此以为对方是真煞神，都惊得掉了魂魄，面对面地跌倒在地上。黎明时，王家的人哭着入屋，突然见到他俩，大惊，仔细一看才知道是贼人。于是用姜汤把两人灌醒，就让他们穿着鬼装，捆送官府。沿路聚集观看的人，无不笑得前仰后合。

根据这件事来看，回煞的说法应该是荒谬的了。但是，回煞的形迹，我实在是多次亲眼见过的。鬼神的事，幽暗不明，实在不知道它是怎么回事。

许南金不畏鬼

这是个著名的不怕鬼故事，写许南金的大胆、冷静，很具感染力。古人难以达到无鬼论的高度，能承认人不怕鬼这一点，已是难能可贵了。

南皮许南金先生①，最有胆。在僧寺读书，与一友共榻。夜半，见北壁燃双炬。谛视，乃一人面出壁中，大如箕，双炬其目光也。友股栗欲死②。先生披衣徐起曰："正欲读书，苦烛尽③。君来甚善。"乃携一册背之坐，诵声琅琅④。未数页，目光渐隐；拊壁呼之⑤，不出矣。

【注释】

① 南皮：县名，今属河北省沧州地区。② 股栗（lì）：腿发抖。③ 苦：苦于。④ 琅琅（láng）：象声词，响亮的声音。⑤ 拊（fǔ）：拍打。

又一夕如厕，一小童持烛随。此面突自地涌出，对

之而笑。童掷烛仆地。先生即拾置怪顶，曰："烛正无台，君来又甚善。"怪仰视不动。先生曰："君何处不可往，乃在此间？海上有逐臭之夫[①]，君其是乎？不可辜君来意。"即以秽纸拭其口。怪大呕吐，狂吼数声，灭烛而没。自是不复见。

【注释】

① 海上有逐臭之夫：《吕氏春秋》记载：有个人有特大的臭味，亲朋兄弟都无法和他相处，他只好住到海岛上。想不到那里有个人特别喜欢他的臭味，成天跟着他。后来便用此来比喻有怪癖的人。

先生尝曰："鬼魅皆真有之，亦时或见之；惟检点生平，无不可对鬼魅者，则此心自不动耳。"

卷六《滦阳消夏录》六

【翻译】

南皮人许南金先生，最有胆量。他在僧寺读书的时候，和朋友共睡一张床。半夜里，见北边墙上点着两支火把。他们仔细一看，却是个人脸从墙壁里出来，它像簸箕那样大，两支火把是它的眼光。朋友两腿发抖，怕得要死。许南金先生披上衣服慢慢起来，说道："我正想读书，苦于蜡烛烧尽了，你来得正好。"于是拿起一本书背朝人脸坐着，诵读之声，清朗响亮。他读了没几页，那目光渐渐隐灭，拍墙叫它，它也不出来了。

又一夜，许南金上厕所，一个小童拿着蜡烛跟随。那怪脸突然从地里涌出来，对着许南金笑。童子惊得丢了蜡烛跌倒在地。许南金即把蜡烛拾起放在怪脸头顶，说道："蜡烛正缺烛台，你来得又正好呀！"怪脸仰望着他，一动也不动。许南金先生说道："你哪里不好去，却来到这里？海上有专门追逐臭味的人，你大概就是这类人吧？那么，不可辜负你的来意。"说完就以用过的脏手纸揩它的口。怪脸大呕大吐起来，狂吼了几声，把蜡烛弄灭，就隐没了。从此，怪脸不再出现。

许南金先生曾说过："鬼魅都是真有的，有时还能见到它们；只是检查自己生平言行，如果没有不可面对鬼魅的事，那么这颗心自然不会动摇了。"

鬼　隐

这是个寓言。虽然假托发生在明代，实质却是指斥当时现实的。它借主人公之口，指出官场的黑暗和倾轧，连阴间也受了影响。相比之下，荒山虽然凄凉，反而使人觉得像在天堂。这种强烈的对比手法，使人更深刻认识到官场的丑恶和可怕。全篇用一问一答形式构成，语气虽似平实，而实含极大愤慨。

戴东原言：明季有宋某者，卜葬地，至歙县深山中。日薄暮，风雨欲来，见岩下有洞，投之暂避。

闻洞内人语曰："此中有鬼，君勿入。"问："汝何以入？"曰："身即鬼也。"宋请一见。曰："与君相见，则阴阳气战，君必寒热小不安。不如君爇火自卫[①]，遥作隔座谈也。"宋问："君必有墓，何以居此？"曰："吾神宗时为县令[②]，恶仕宦者货利相攘[③]，进取相轧，乃弃职归田。殁而祈于阎罗，勿轮回人世[④]。遂以来生禄秩，改注阴官。不虞幽冥之中，相攘相轧，亦复如此，又弃职归墓。墓居群鬼之间，往来嚣杂，不胜其烦，不得已避居于此。虽凄风苦雨，萧索难堪，较诸宦海风波，世途机阱[⑤]，则如生忉利天矣[⑥]。寂历空山，都忘甲子[⑦]。与鬼相隔者，不知几年；与人相隔者，更不知几年。自喜解脱万缘，冥心造化，不意又通人迹，明朝当即移居。武陵渔人[⑧]，勿再访桃花源也。”

【注释】

① 爇(ruò)：烧。② 神宗：明代皇帝朱翊钧，年号万历。③ 攘(rǎng)：侵夺。④ 轮回：佛教名词。佛教认为众生各依所作善恶业因，一直在所谓六道(天、人、阿修罗、地狱、饿鬼、畜生)中生死相续，升沉不定，有如车轮的旋转不停，故称轮回。⑤ 机阱：装有自动机关的捕兽陷阱。⑥ 忉利天：佛教名词。又称三十三天，引申为天堂。⑦ 甲子：甲居十干首位，子居十二支首位。古人用干支相配以纪日、纪年，故又以甲子代称岁月。⑧ 武陵渔人：晋人陶潜《桃花源记》虚构了一个渔人入桃源的故事，说是武陵地方有一个渔人误入桃源，发现由秦代避难的人组成的一个与世隔绝的社会。他出来后，再去寻找，却找不到了。

语讫，不复酬对。问其姓名，亦不答。宋携有笔砚，因濡墨大书“鬼隐”两字于洞口而归。

卷六《滦阳消夏录》六

【翻译】

戴东原讲了这样一件事：明代末年有个姓宋的人，为选择墓地，来到安徽歙县的深山中。黄昏，风雨将要袭来，他见山岩下有个洞，便钻进去暂避。

听到洞内有人说道："这里面有鬼，您不要进来。"宋某问道："那你为什么进来?"答道："我就是鬼呀。"宋某要求和他见面，鬼答道："如果和您相见，那么您的阳气和我的阴气便会相斗，您必定会忽寒忽热地有点不舒服。不如您烧起堆火来自卫，我们远远地隔开座位交谈吧。"宋某问道："您必定有墓地的，为什么却住在这里?"答道："我在明朝神宗时做知县，因为厌恶官宦互相侵夺财产地位、为求升官而互相倾轧的行为，于是弃官回家乡了。我死后向阎罗王请求，不要再轮回到人间。于是便按我来世应享的官职和俸禄的标准，改任为阴间的官。没想到阴间的互相争夺倾轧，也和人世一样，于是我又弃官回到墓里。我的坟墓处在许多鬼魂的墓穴之间，他们往来嘈杂，弄得我不胜其烦，不得已避居到这里。这里虽然凄风苦雨，寂寞冷落得使人难受，但是和宦海风波、人世道路上的陷阱相比，我就如生活在天堂里一样了。在这空山里寂寞度日，我都忘掉了岁月。和群鬼相隔绝，不知有多少年；和人相隔绝，则更不知有多少年了。自己庆幸解脱了种种因果的缠绕，潜心于寻找大自然的奥秘，想不到又接触了人的踪迹，明天我应该立即迁居。您也无须做武陵渔人，再访寻桃花源了。"

说完，不再对答。宋某问他的姓名，也不答。宋某带有笔砚，于是便蘸满墨汁，写了"鬼隐"两个大字在洞口，便回家了。

扮鬼偷盗

小偷采用鬼面而女手的方法，是摸透了人们怕鬼的心理，精心安排的。从这里也可见世间许多关于鬼的传闻，其实都是一些别有用心的人制造出来的。

一南士以文章游公卿间。偶得一汉玉璜[①]，质理莹白，而血斑彻骨，尝用以镇纸。

【注释】

① 璜：古玉石器名，形状像璧（圆形）的一半。

一日，借寓某公家，方灯下构一文，闻窗隙有声，忽一手探入。疑为盗，取铁如意欲击；见其纤削如春葱，瑟缩而止。穴纸窃窥，乃一青面罗刹鬼[①]。怖而仆地。比苏，则此璜已失矣。疑为狐魅幻形，不复追诘。后于市上偶见，询所从来。辗转经数主，竟不能得其端绪。久乃知某公家奴伪作鬼装所取。

【注释】

① 罗刹：佛经中恶鬼的通称。

董曲江戏曰：“渠知君是惜花御史[①]，故敢露此柔荑[②]。使遇我辈粗材，断不敢自取断腕。”

【注释】

① 惜花御史：应作惜春御史，唐代官名，掌保护花木。《云仙杂记》卷一“惜春御史”条引《玉麈集》云：“穆宗每宫中花开，则以重顶帐蒙蔽栏槛，置惜春御史掌之，号曰括香。”② 柔荑（tí）：荑，茅草的嫩芽。柔荑，比喻女子的手纤细白嫩。

余谓此奴伪作鬼装，一以使不敢揽执，一以使不复追求。又灯下一掌破窗，恐遭捶击，故伪作女手，使知非盗；且引之窥见恶状，使知非人，其运意亦殊周密。盖此辈为主人执役，即其钝如椎；至作奸犯科，则奇计环生，如鬼如蜮[①]。大抵皆然，不独此一人一事也。

【注释】

① 蜮（yù）：古代相传一种能含沙射影使人得病的动物。

卷七《如是我闻》一

【翻译】

有一位南方的文士，通过文章交游于大官中间。他偶然得到一块汉玉璜，它的质地纹理晶莹洁白，血色的斑纹深入到玉石的脉理中，文士曾用它来镇纸。一天，文士借住在某老先生家里，正在灯下构思一篇文章，听见窗缝发出声响，忽见一只手伸进来。他怀疑是贼，便拿起铁如意想打；但见这手纤细得像春葱，便缩手停止。他把窗纸弄了个洞偷看，却是个青面罗刹鬼，惊得他跌倒在地。及至醒过来，那玉璜已不见了。他怀疑那鬼是狐魅变幻出来的形象，便不再追查。后来，这文士在市场上偶然见到那块玉璜，问起它的来历，但它已辗转经过几个主人的手，终于无法查得头绪。过了许久，才知是某老先生的家奴扮作鬼装偷去的。

董曲江开玩笑说："他知道先生是惜花御史，所以敢露出那嫩白的手。如果遇着我们这些粗鲁的人，他必不敢自冒断腕的危险。"我认为这些奴仆假扮成鬼的装束，其目的一方面是使人不敢抓他，一方面是使人不再去追查。另外，在灯下一掌击穿纸窗，怕会遭到捶击，所以伪装成女人的手，使别人以为这不是盗贼；而且引诱人家窥见其凶恶的形状，使以为并不是人，他运用的计谋也算十分周密了。这些人替主人做事，往往是愚蠢迟钝，到了去作奸犯科，便会奇谋诡计环生，如鬼似蜮。他们大抵都是这样的，不仅仅是这个人和这件事呀。

游　　士

清代有许多自命为名士、而其实俗不可耐的人。他们自命清高，摆出副吓人的架子。其实古代的大诗人、大名士，都朴实得和普通人一样。两相比较，真假名士，判然可分。作者不着一言，而感慨自见。

有游士借居万柳堂①。夏日，湘帘棐几②，列古砚七八，古玉器、铜器、磁器十许，古书册画卷又十许，笔床、水注、酒盏、茶瓯、纸扇、棕拂之类③，皆极精致。壁上所粘，亦皆名士笔迹。焚香宴坐④，琴声铿然，人望之若神仙。非高轩驷马，不能登其堂也。

【注释】

① 游士：游食之士，奔走四方以谋生计的文人。万柳堂：清代北京阜城门外的一处有名园林。② 湘帘：用斑竹编成的竹帘。棐(fěi)几：用榧木做的几。③ 笔床：放毛笔的文具。水注：用以注水于砚的文具。④ 宴：安闲。

一日，有道士二人，相携游览，偶过所居，且行且言曰：“前辈有及见杜工部者[①]，形状殆如村翁。吾曩在汴京[②]，见山谷、东坡[③]，亦都似措大风味[④]。不及近日名流，有许多家事。”

【注释】

① 杜工部：唐代大诗人杜甫，因曾任检校工部员外郎，世又称杜工部。② 汴京：宋代京城，今河南省开封市。③ 山谷：宋代诗人黄庭坚，号山谷道人。东坡：宋代诗人苏轼，号东坡。④ 措大：旧时称贫寒的读书人为措大。

朱导江时偶同行，闻之怪讶，窃随其后。至车马丛杂处，红尘涨合[①]，倏已不见。竟不知是鬼是仙。

【注释】

① 红尘：飞扬的尘土，形容繁华热闹。

卷七《如是我闻》一

【翻译】

有一位游食四方的文人，借住在万柳堂。夏天，他的住处陈设着湘帘棐几，摆放着古砚七八个，古玉器、铜器、瓷器等十多件，古书古画卷又十多件，笔床、水注、酒盏、茶碗、纸扇、棕拂之类，都是十分精致的。墙上贴的，也都是名士的笔迹。他焚香闲坐，琴声铿锵，人们望见他就像神仙一样。如果不是乘坐四马拉的高大车子的人，是不能够进入他的厅堂的。

一天，有两个道士一同来万柳堂游览，偶然走过他的住处，他们一边走一边说道："前辈中有得以见到杜甫的，说杜甫的状貌像是个乡村老头子。我从前在汴京，见到黄庭坚和苏轼，也都像是贫寒读书人的风度。他们都不及近来的名流，有这许多家私用具。"

朱导江偶然和道士同行，听了觉得奇怪，便偷偷地跟在他们后面。到了车马多而杂的地方，红尘弥漫，忽然不见了他们的踪影，竟不知道他们是鬼还是神仙。

长　随

清代的吏治是很坏的。除了官员的贪赃枉法之外，还有四种对老百姓为害很大的人，就是书吏、差役、官的亲友、官的仆役（见《滦阳消夏录》一），他们操纵政务，控制长官，上下其手，为非作歹。本篇中的长随，其手段细密阴险，超乎人们想象。本文所揭露的虽仅是他们劣迹中的一个侧面，但从中也可窥见清代官场的浑浊和丑恶了。

州县官长随①，姓名籍贯皆无一定，盖预防奸赃败露，使无可踪迹追捕也。姚安公尝见房师石窗陈公一长随②，自称山东朱文；后再见于高淳令梁公润堂家，则自称河南李定。梁公颇倚任之。临启程时，此人忽得异疾，乃托姚安公暂留于家，约痊时续往。其疾自两足趾寸寸溃腐，以渐而上，至胸膈穿漏而死。死后检其囊箧，有小册作蝇头字，记所阅凡十七官，每官皆疏其阴事③，详载某时某地，某人与闻，某人旁睹，以及往来书札、谳断案牍，无一不备录。其同类有知之者，曰："是尝挟制数官矣。其妻亦某官之侍婢，盗之窃逃，留一函

于几上。官竟弗敢追也。今得是疾，岂非天道哉！”

【注释】

① 长随：家丁。② 房师：清代科举考试中已录取的考生，称主考官为座师，称同考官为房师。③ 疏：分条记述。

霍丈易书曰：“此辈依人门户，本为舞弊而来。譬彼养鹰，断不能责以食谷，在主人善驾驭耳。如喜其便捷，委以耳目腹心①，未有不倒持干戈②，授人以柄者。此人不足责，吾责彼十七官也。”

【注释】

① 耳目腹心：比喻亲近信任的人。② 倒持干戈：与“倒持泰阿”同。泰阿是宝剑名。倒拿着宝剑，把剑柄给予别人。比喻轻率授权与人，自己反受其害。

姚安公曰：“此言犹未揣其本。使十七官者绝无阴事之可书，虽此人日日橐笔①，亦何能为哉！”

【注释】

① 橐（tuó）笔：橐，盛物的袋子。古代书史小吏，手拿囊袋，插笔于头发中，侍立于帝王、大臣左右，以备随时记事。

卷七《如是我闻》一

【翻译】

州县官的长随，使用的姓名籍贯都没有定准，大概是预防奸谋贪赃败露后，使人们无法追踪拘捕他们。我父亲姚安公曾见过房师陈石窗先生的一名长随，他自称是山东人朱文。后来在高淳县知县梁润堂先生家再见到他时，则自称是河南人李定。梁对他颇为倚重和信任。临到梁知县要动身时，这个人忽然生了怪病，于是将他托付姚安公暂留家中，约定病好后继续前往。那长随的病是从两脚脚趾寸寸烂起，逐渐向上发展，直至胸膈穿漏而死。死后，人们翻检他的袋子箱子，发现一本小册，上面写满了蝇头小字，记载着他总共跟随过十七位官员。每个官员名下都分条列出他们的隐私，详细记载事情发生在何时何地，某人知晓，某人在旁目睹，以及该官员的往来书信、审案的判决书和文件，无不一一记录下来。他的同行有了解其人的说道："这个人曾经用这种方法挟制过几个官员了。他的妻子原来也是某官员的侍婢，被他勾搭上私逃，走时留了一封信在桌上，那官员竟不敢追查。现在他得了这病，岂不是天意报应吗？"霍易书老先生说："这类人投靠人家门户，本是为了营私舞弊的目的而来。比如养鹰吧，它本吃肉，绝不能强求它吃谷物，问题在于主人能否善于驾驭他们罢了。如果主人喜欢他们的机灵，托付以亲信的重任，这就像倒拿着刀剑，让刀剑把子给人抓住一样，反受其害。这个长随不值得责备，我要责备的是那十七位官员哩！"姚安公说："这话还未抓住根本问题。倘若那十七位官员，都绝对没有见不得人的隐私可记，就是长随天天带着笔等着，又能做得出什么来呢！"

姜三莽

姜三莽为人“勇而戆”，因此他心目中的鬼只是可供他捉来换钱买酒肉的猎物，而根本不值得惧怕。但是，现实中的确没有鬼，他也终于毫无所获了。

姚安公闻先曾祖润生公言：景城有姜三莽者，勇而戆[①]。

【注释】

① 戆（gàng）：鲁莽。

一日，闻人说宋定伯卖鬼得钱事[①]，大喜曰：“吾今乃知鬼可缚。如每夜缚一鬼，唾使变羊，晓而牵卖于屠市，足供一日酒肉资矣。”于是夜夜荷梃执绳，潜行墟墓间，如猎者之伺狐兔，竟不能遇。即素称有鬼之处，佯醉寝以诱致之，亦寂然无睹。一夕，隔林见数磷火，踊跃奔赴；未至间，已星散去。懊恨而返。如是月余，无所得，乃止。

【注释】

① 宋定伯卖鬼：晋人干宝《搜神记》卷十六记载：宋定伯夜行遇鬼，与之交谈，定伯冒充新鬼，向鬼探问出怕人唾的弱点。定伯于是捉鬼唾之以唾沫，鬼便化为羊。定伯卖羊，得钱一千五百。

盖鬼之侮人，恒乘人之畏。三莽确信鬼可缚，意中已视鬼蔑如矣。其气焰足以慑鬼，故鬼反避之也。

卷八《如是我闻》二

【翻译】

我的父亲姚安公听先曾祖润生公讲过这样一件事：景城有个叫姜三莽的人，性情勇敢而又戆直。一天，他听人说起宋定伯卖鬼得钱的故事，很高兴地说道："我今天才知道鬼是可以捉的。如果每晚捉一个鬼，吐唾沫使它变成羊，天明牵到屠宰场卖掉，就足够我一天饮酒吃肉的花费了。"于是每晚扛着棍棒、拿着绳子，潜身行走在废墟和坟墓间，像猎手守候狐狸兔子一样。但他始终没遇到过鬼，即使素来被人们说是有鬼的地方，他假装醉后睡着以引诱鬼出来，也寂然见不到鬼影。一天晚上，他见隔着树丛的地方有几点磷火，便跳跃奔向那里，还未到达时，那些磷火便已星散了，他只好懊丧地走回来。就这样闹了一个多月，仍是一无所获，他只好罢手。大概鬼之所以能侵害人，往往是趁着人们畏惧时动手。姜三莽确信鬼是可以捕捉的，心中已把鬼看得没有什么了不起，他的气焰足以镇慑住鬼，所以鬼反而要避开他了。

自贻伊戚

别人事事都迎合自己的心意，必定怀有不可告人的目的。如果不设法防范或拒绝，反而信任不疑，必然是自招烦恼。

甲与乙相善，甲延乙理家政。及官抚军[①]，并使佐官政，惟其言是从。

【注释】

① 抚军：即巡抚。清代一省的最高行政长官。

久而资财皆为所乾没，始悟其奸，稍稍谯责之[①]。乙挟甲阴事，遽反噬。甲不胜愤，乃投牒诉城隍。夜梦城隍语之曰：“乙险恶如是，公何以信任不疑？”甲曰：“为其事事如我意也。”神喟然曰：“人能事事如我意，可畏甚矣！公不畏之而反喜之，不公之绐而绐谁耶[②]？渠恶贯将盈[③]，终必食报。若公则自贻伊戚[④]，可无庸诉也。”

此甲亲告姚安公者。事在雍正末年。甲滇人，乙越人也。

【注释】

① 谯(qiào):责备。② 绐(dài):欺骗。③ 恶贯将盈:从恶贯满盈一语变化而来。贯,穿。盈,满。意思是罪恶贯穿满了绳索,累积到极限。④ 自贻伊戚:语见《诗经·小雅·小明》。意思是自寻烦恼。

卷八《如是我闻》二

【翻译】

甲同乙很要好,甲请乙来管理家务。后来甲当上巡抚,并请乙协助政务,凡事都听从乙的意见。日久,甲的资财都被乙侵吞了,甲这才省悟到乙的奸计,略微开始责备他。但乙抓住甲的隐私,马上反咬一口。甲气愤不过,便递诉状向城隍投诉。夜里梦见城隍对他说:"乙这么险恶阴毒,您为什么对他信任不疑?"甲答道:"因为他每件事都合我的心意呀。"神叹息道:"假如有人事事都合自己的心意,这就十分可怕了。您不怕这种人,反而喜欢他,那么,他不骗您还骗谁呢?他作恶多端,最后必定遭到恶报。至于您,则是自己招来的烦恼,可以不必控告了。"

这是甲亲自告诉我父亲姚安公的。事情发生在雍正末年。甲是云南人,乙是浙江人。

假　魅

世间许多被认为是鬼魅怪异的事，其实都是人为的，或者干脆就是当事者的幻觉。这个故事说的就是这个意思。至于天花板射出火焰，今天看来，有可能是由于热量蕴积过多，超过燃点而自燃，并不是神秘的、不可思议的事情。

陈少廷尉耕岩官翰林时①，为魅所扰。避而迁居，魅辄随往。多掷小帖道其阴事②，皆外人不及知者。益悚惧，恒虔祀之。

【注释】

① 少廷尉：清代官名。② 帖：小字条。

一日掷帖，责其待侄之薄，且曰："不厚资助，祸且至。"众缘是窃疑其侄，密约伺察。夜闻击损器物声，突出掩执①，果其侄也。耕岩天性长厚，尤笃于骨肉②，但曰："尔需钱可告我，何必乃尔？"笑遣之归

寝，由是遂安。

【注释】

① 掩执：乘其不备而捕捉。② 笃：深厚。

后吴编修朴园突遭回禄[1]，莫知火之自来。凡再徙居而再焚，余意亦当如耕岩事。朴园曰："固亦疑之。"然第三次迁泉州会馆时，适与客坐厅事中，忽烈焰赫然，自承尘下射[2]。是非人所能上，亦非人所能入也，殆真魅所为矣。

【注释】

① 编修：清代官名。② 承尘：天花板。

卷九《如是我闻》三

【翻译】

少廷尉陈耕岩在翰林院做官的时候，被鬼魅所骚扰。他为了逃避骚扰而迁居，但是鬼魅总是随着前去。这些鬼魅常是投掷小字条揭他的隐私，说的都是些外人所不能知道的事。陈耕岩更加害怕了，常常虔诚地拜祭祷告。有一天，鬼魅又丢下一张字条，内容是责备陈耕岩待侄儿太刻薄，并且警告说："如果不丰厚地资助侄儿，灾祸将会降临。"大家由此怀疑是他的侄儿在捣鬼，暗中相约守候侦察。一天夜里，听到砸坏器皿物件的声音，大家突然出来围捕，果然是耕岩的侄儿。耕岩天性温和厚道，尤其对骨肉之亲感情深厚，只是说："你需要钱可告诉我，何必这样做呢？"笑着叫他回去睡觉，从此就安然无事了。

后来，翰林院编修吴朴园家突然遭到火灾，不知道火是从哪里冒出来的。他再迁居又再次被火焚。我猜想这也必定是像陈耕岩那样的事。朴园说："我本也怀疑是这样。"但当他第三次迁居泉州会馆的时候，一天正与客人坐在大厅中，忽然烈火从天花板内向下射出。那地方不是人所能上得去，也不是人所能躲得进的，这大概真是鬼魅所做的了。

假名敛财

道士装神弄鬼，假借王灵官之名以发财。不料别人也同样装神弄鬼，用王灵官来吓唬他，让他逐一交待诈伪的底细，其狼狈情状，令人发笑。以其人之道，还治其人之身，在当时也算得上是破除迷信的良法。

田氏媪诡言其家事狐神，妇女多焚香问休咎，颇获利。俄而群狐大集，需索酒食，罄所获不足供[①]，乃被击破瓮盎，烧损衣物。哀乞不能遣，怖而他投。濒行时，闻屋上大笑曰："尔还敢假名敛财否？"自是遂寂，亦遂不徙。然并其先有之资，耗大半矣。此余幼时闻先太夫人说。

【注释】

① 罄（qìng）：尽。

又有道士称奉王灵官[①]，掷钱卜事[②]，时有验，祈祷亦盛。偶恶少数辈，挟妓入庙，为所阻。乃阴从伶人假

灵官鬼卒衣冠[3]，乘其夜醮[4]，突自屋脊跃下，据坐诃责其惑众；命鬼卒缚之，持铁蒺藜将拷问[5]。道士惶怖伏罪，具陈虚诳取钱状。乃哄堂一笑，脱衣冠高唱而出。次日，觅道士，则已窜矣。此雍正甲寅七月事[6]。余随先姚安公宿沙河桥，闻逆旅主人说[7]。

【注释】

① 王灵官：道教神名。又名玉枢火府天将。相传为宋徽宗时人，姓王名善，曾得道教首领传授符法。② 掷钱卜事：掷钱即掷卦，其法以钱三文在炉上熏过，口念祝词，祝毕掷钱，视钱之正反，三掷成卦，以卜吉凶。③ 假：借。④ 醮（jiào）：设坛祭神。⑤ 铁蒺藜：古代军用障路器械，俗称铁菱角，为铁制之三角物，尖刺如蒺藜。⑥ 雍正甲寅：清代雍正十二年。⑦ 逆旅：旅舍。

卷九《如是我闻》三

【翻译】

田氏老太婆诈称她家供奉了狐神，妇女们多前去烧香求问祸福，田氏因此很赚了一些钱。不久，群狐大量聚集她家，索取酒食，田氏把赚来的钱全赔上，还不够供奉它们。于是群狐打破坛坛罐罐，烧坏衣物。田氏苦苦哀求它们离开，但它们不走，田氏惧怕，打算迁居到别的地方。临走时，听到屋上有大笑声说道："你还敢借别人名义来赚钱吗？"从此便安静不再闹了，田老太婆也就没再迁居，但是她原先已有的财产已因此消耗了一大半。这事是我年少时听先母说的。

另外，有个道士自称供奉王灵官，用掷钱卜卦的办法来卜问事情，往往有些灵验，人们来求他祈祷神灵的也很多。有一次，几个恶少年携带妓女入庙，被道士所拒绝。于是恶少年们暗中向戏子借来演王灵官和鬼卒的戏服、帽子穿上，趁着道士夜里打醮时，突然从屋脊跳下来，踞坐责骂道士妖言惑众，命令鬼卒将他捆起来，提起铁蒺藜就要拷问。道士惊惶认罪，逐一陈述弄虚作假、诈取钱财的手段。于是恶少年们哄堂大笑，脱掉衣帽高声唱着歌走出庙门。第二天，人们找那道士，则已经溜掉了。这是雍正十二年七月间的事。我跟先父姚安公夜里投宿沙河桥时，听旅店老板说的。

圆 光 术

庞斗枢被认为会圆光术。但当他为朋友所逼要施术时，却没有拿出真"本领"来，而是用饼饵去哄小孩，串通玩了一出把戏，借以规劝朋友。从这点看，恰好证明圆光术的虚妄。

世有圆光术[1]：张素纸于壁，焚符召神，使五六岁童子视之。童子必见纸上突现大圆镜，镜中人物，历历示未来之事，犹卦影也[2]。但卦影隐示其象，此则明著其形耳。

【注释】

① 圆光术：旧时江湖术士宣扬迷信的骗人伎俩。术士持镜或白纸念咒，然后让儿童观看，说上面能出现种种形象，以此预卜吉凶祸福。② 卦影：江湖术士的一种迷信术，以诗、画、笔画图案等附会人事，以预卜吉凶。

庞斗枢能此术，某生素与斗枢狎[1]，尝觊觎一妇，密祈斗枢圆光，观谐否。斗枢骇曰："此事岂可渎鬼

神。”固强之。不得已为焚符，童子注视良久曰：“见一亭子，中设一榻，三娘子与一少年坐其上。”三娘子者，某生之亡妾也。方诟责童子妄语，斗枢大笑曰：“吾亦见之。亭中尚有一匾，童子不识字耳。”怒问：“何字？”曰：“‘己所不欲’四字也②。”某生默然，拂衣去。

【注释】

① 狎(xiá)：亲密。② 己所不欲：《论语·颜渊》：“己所不欲，勿施于人。”意谓自己所不喜欢的事物，不要强加于别人。

或曰：“斗枢所焚实非符，先以饼饵诱童子，教作是语。”是殆近之。虽曰恶谑，要未失朋友规过之义也。

卷九《如是我闻》三

【翻译】

世上有一种圆光术：把一张白纸张开在墙壁上，然后烧符请神，让五六岁的孩子观看那张纸，孩子必会见到纸上突然出现个大圆镜；镜里的人物，历历显示着未来的事情，如同卦影一样。但卦影只暗示迹象，这圆镜则可以清楚地显现形状。庞斗枢会这种方术。某书生向来和斗枢亲密，他曾打一位妇女的主意，于是暗中求斗枢施行圆光术，看看事情能否成功。斗枢吃惊地说道：“这样的事怎可以冒渎鬼神？”某生再三强要他做，斗枢不得已为他烧了符,请个孩子注视了许久,那孩子说:“见到一座亭子,亭子中间摆了一张床,三娘子和一个少年坐在上面。”三娘子是某生死了的妾。某生正在责骂小孩子胡说,斗枢大笑道:“我也看到这些。亭子里还悬有一块匾,小孩子不认识上面写的字,所以没有提到罢了。”某生怒问:“什么字?”答道:“是‘己所不欲’四个字呀。”某生无话可说,抖抖衣服生气地走了。

对于这件事,有些人说:“斗枢所烧的其实并非符,他先用糕饼哄那孩子,教他说了上面的那番话。”这种说法近乎事实。虽说这是恶作剧,但归根到底,并不违背应当规谏朋友过失的道理。

某　医

这是个值得思考的故事。怀孕女子告状的理由，是医生没有因应事势的不同来处理事情，平白害了两条生命。医生则认为不管情势如何变化，“理”要坚持到底。作者反对宋代以至当时的理学家们只讲“理”而不顾客观利害的理论，他记录这篇故事的用意是十分清楚的。

吴惠叔言：医者某生，素谨厚。一夜，有老媪持金钏一双，就买堕胎药。医者大骇，峻拒之。次夕，又添持珠花两枝来。医者益骇，力挥去。

越半载余，忽梦为冥司所拘，言有诉其杀人者。至则一披发女子，项勒红巾，泣陈乞药不与状。医者曰：“药以活人，岂敢杀人以渔利！汝自以奸败，于我何尤？”女子曰：“我乞药时，孕未成形，倘得堕之，我可不死。是破一无知之血块，而全一待尽之命也。既不得药，不能不产，以致子遭扼杀，受诸痛苦，我亦见逼而就缢。是汝欲全一命，反戕两命矣。罪不归汝，反归谁乎？”

冥官喟然曰：“汝之所言，酌乎事势；彼所执者，则理也。宋以来，固执一理而不揆事势之利害者[①]，独此人也哉？汝且休矣！”拊几有声，医者悚然而寤。

【注释】

① 理：这里指的是宋代理学家程朱派提倡的理。他们认为：“未有天地之先，毕竟也只是理，有此理，便有此天地。”他们所说的理，实际上指的是封建伦理纲常。而理是无所不在、永恒存在的，所以他们的理论是企图使封建伦理永恒化。

卷九《如是我闻》三

【翻译】

吴惠叔讲了这样一件事：有某医生，素来谨慎忠厚。一天晚上，有位老妇拿了金钏一双，来买堕胎药，医生大惊，坚决拒售。第二晚，老妇又加了珠花两枝来买，医生更吃惊了，极力赶走了她。

过了半年多，医生忽然梦见被阴司拘传，说是有人控告他杀了人。到了阴司，只见一个披头散发的女子，脖子上勒着红巾，向阴官哭诉向那医生买药不成的情况。医生说道：“药物是用来救人的，我怎么敢杀人以图利！你自己因为奸情而死，能怨我么？”女子说道：“我求药的时候，怀的胎儿还未成形，如果堕了它，我就可以不死。这样做不过毁掉一块没有知觉的血块，而保存一条等死的人命呀！既然得不到药物，我就不能不把孩子生下来，以致孩子遭到扼杀，受了种种痛苦，我也被逼而上吊了。这样一来你想保全一条生命，反而害了两条生命呀！罪过不归你承担，反要归谁承担呢？”

阴官叹息道：“你所说的，是斟酌当时事势的处理办法；他所坚持的，却是‘理’呀。自从宋代以来，固执一个‘理’字而不考虑事势的利和害的人，哪里只他这个人呢？这事你就算了吧！”说时敲着桌子发出声音，医生悚然一惊就醒过来了。

某媪夺婚

老太婆劫走人家的女儿，主客观的理由均不能成立，令人茫然不解。后来情况查明，则事件的曲折，手段的出奇，都有令人意想不到之处。世事的复杂和变化，确是不能用简单刻板的方法去判断的。

至危至急之地，或忽出奇焉；无理无情之事，或别有故焉。破格而为之，不能胶柱而断之也[①]。

【注释】

① 胶柱：成语“胶柱鼓瑟”的缩略。胶，粘住。柱，瑟上用以张弦的零件，可调节它来改变声音。柱被粘住，音调便无法调节，比喻拘泥而不知变通。

吾乡一媪，无故率媪妪数十人，突至邻村一家，排闼强劫其女去[①]。以为寻衅，则素不往来；以为夺婚，则媪又无子。乡党骇异[②]，莫解其由。女家讼于官，官出牒拘摄，媪已携女先逃，不能踪迹；同行婢妪，亦四散

逋亡[3]。缧绁多人[4]，辗转推鞫，始有一人吐实，曰："媪一子，病瘵垂殁[5]，媪抚之恸曰：'汝死自命，惜哉不留一孙，使祖父竟为馁鬼也。'子呻吟曰：'孙不可必得，然有望焉。吾与某氏女私昵，孕八月矣，但恐产必见杀耳。'子殁后，媪咄咄独语十余日，突有此举，殆劫女以全其胎耶？"官怃然曰[6]："然则是不必缉，过两三月自返耳。"

【注释】

① 闼(tà)：小门。② 乡党：乡里。③ 逋(bū)亡：逃跑。④ 缧绁(léi xiè)：捆绑犯人的绳索，引申为囚禁。⑤ 病瘵(zhài)：得了肺痨病。⑥ 怃(wǔ)然：怅惘失望的样子。

届期果抱孙自首，官无如之何，仅断以不应重律[1]，拟杖纳赎而已[2]。此事如兔起鹘落[3]，少纵即逝。此媪亦捷疾若神矣。

【注释】

① 不应重律：清代刑律有"不应为"一条，即做了不该做的事。而不应为罪又可分轻重量刑。这里是指以"不应为"罪从重处罚。② 拟杖纳赎：判决打板子的处罚，但允许用钱来赎免。③ 兔起鹘(hú)落：如兔子的跃起、鹰隼的冲下，以喻动作迅捷。

安静涵言：其携女宵遁时，以三车载婢妪，与己分四路行，故莫测所在。又不遵官路，横斜曲折，歧复有歧，故莫知所向。且晓行夜宿，不淹留一日，俟分娩乃税宅①，故莫迹所居停。其心计尤周密也。女归，为父母所弃，遂偕媪抚孤，竟不再嫁。以其初涉溱洧②，故旌典不及③，今亦不著其氏族焉。

【注释】

① 税宅：租房子。② 涉溱洧(zhēn wěi)：《诗经·郑风·溱洧》写郑国风俗，三月三日人们到溱水、洧水边上娱乐，男女互相爱恋，赠送礼物。后来以此指男女不合礼法的私情。③ 旌典：表扬贞节妇女的典册。

卷十《如是我闻》四

【翻译】

在最危最急的地方，有时会忽然出现意想不到的事；发生无理无情的事情，其中或许会另有缘故。这时应当不拘常规来解决，而不能用刻板不变的方法予以判断。我家乡有位老妇人，无缘无故带领几十个老年妇女，突然到邻村一户人家里，推门直入，把他家的女儿抢走了。人们若以为是寻仇闹事吧，这两家却一向没有往来；以为是强抢成婚吧，那老妇又并没有儿子。乡里惊怪，不明白是什么原因。女家向官府控告，官府发出公文拘捕，而老妇已带了女子先逃，无法追寻其踪迹；和那老妇一同参与此事的妇女也四散逃亡。官府拘留了许多人，经过反复审问，才有一人吐露了真实情况，她说："老妇只有一个儿子，患上肺痨病快死了。老妇抚摸着儿子痛哭说：'你死自是命中所注定，可惜没有留下一个孙儿，使祖父竟成为不能享受祭祀之鬼了。'儿子呻吟着说：'孙儿不一定准能得到，但也还有希望。我和某人的女儿私下发生过关系，她已经有八个月的身孕，但恐怕那孩子生下来必定会被弄死罢了。'儿子死后，老妇独自嗟叹唠叨了十多天，便突然做出这件事来，大概是劫取那女子以保全其胎儿吧？"官员怅惘地说："既然这样就不必缉捕了，过两三个月他们会自己回来的。"到期果然老妇抱着孙儿来自首，官员也无奈她何，仅判以犯"不应为"从重的律例，处以打板子刑罚，但可以缴款赎免而已。这事的变化像兔起鹘落般迅捷，稍放松点就过去了。这老妇也真敏捷如神啊！

安静涵说：当老妇带了那女子乘夜逃跑时，用三辆车子载上婢女和老婆子，加上自己一车，分四条路行进，所以人们无法测知她在哪一路车里。她又不走官路，而是横斜曲折地走，岔路中又有岔路，所以没人知道她的去向。而且她早行夜宿，一天也不停留，等那女子要分娩时才租屋住下来，所以无法寻到她的住处。其算计是十分周密的。女子回家后，被父母所抛弃，便来同老妇一起抚养孤儿，竟没有再嫁人。因为她开头是私自相爱幽会，所以旌表节妇的典册没有记载她的名字，这里也不指明她的氏族了。

甲乙相仇

甲乙互相仇视，互相想陷害对方。但甲的手段阴险周密，层层设下陷阱，使乙堕入圈套而不自知，亦可见人心狡诈、世情危恶了。最后作者为甲和某人开脱责任，持论似公允而实不妥。

甲乙有夙怨，乙日夜谋倾甲①。甲知之，乃阴使其党某以他途入乙家，凡为乙谋，皆算无遗策②；凡乙有所为，皆以甲财密助其费，费省而工倍。

【注释】

① 倾：在这里是搞垮的意思。② 算无遗策：算计周密，毫无疏漏。

越一两岁，大见信，素所倚任者皆退听①。乃乘间说乙曰：“甲昔阴调我妇，讳弗敢言，然衔之实次骨②。以力弗敌，弗敢撄③。闻君亦有仇于甲，故效犬马于门下。所以尽心于君者，固以报知遇，亦为是谋也。今有隙可抵，盍图之④。”乙大喜过望，出多金使谋甲。某乃以乙金为甲行贿，无所不曲到。

【注释】

①退听：摒退不再听信其言。②次骨：入骨。③撄(yīng)：接近，触犯。④盍(hé)：何不。

阱既成，伪造甲恶迹及证佐姓名以报乙，使具牒[①]。比庭鞫，则事皆子虚乌有[②]，证佐亦莫不倒戈，遂一败涂地，坐诬论戍。愤恚甚，以昵某久，平生阴事皆在其手，不敢再举，竟气结死。死时誓诉于地下，然越数十年卒无报。

论者谓难端发自乙，甲势不两立，乃铤而走险，不过自救之兵，其罪不在甲。某本为甲反间，各忠其所事，于乙不为负心，亦不能甚加以罪，故鬼神弗理也。此事在康熙末年[③]。《越绝书》载子贡谓越王曰："夫有谋人之心，而使人知之者，危也。"岂不信哉！

【注释】

①牒：这里是指状子。②子虚乌有：汉代司马相如作《子虚赋》，假托子虚、乌有先生及亡是公三人互相问答，后来便用子虚乌有指虚假、不存在的事。③康熙：清圣祖玄烨的年号。

卷十《如是我闻》四

【翻译】

甲和乙有旧仇，乙日夜都打算搞垮甲。甲知道乙的图谋，便暗中指使其同党某人，从另外途径打入乙家，凡是为乙策划的事，他都算计周密而未失算过；凡是乙想干什么，他都用甲的钱财秘密资助其费用，花钱省而效益成倍增加。

过了一两年，某人很得乙的信任，以前被乙所依靠信任的人都被摒退，不再听他们的了。某人于是找机会劝说乙道："甲从前调戏过我妻子，我避忌不敢说出来，但其实恨他入骨，因为力量敌不过他，所以不敢触犯。听说您也与甲有仇，所以我来你家效犬马之劳。我所以尽心服务于您的原因，固然是为了报答知遇之恩，也为了要对甲报仇。现在有机可乘，何不策划对他报复呢？"乙大喜过望，拿出许多钱给某人，叫他谋陷甲。某人于是用乙的钱替甲进行贿赂，没有哪处不贿赂到。

陷阱既已构成，某人便伪造甲的劣迹和证人姓名告知乙，叫他向官府呈上诉状。及至开庭审问，则所控诉的事都是不存在的，证人也全部反戈相向，乙便一败涂地，被定为诬告反坐罪判处流放。乙十分愤怒，但因为和某人的长期亲密关系，平日的隐私都被他掌握，不敢再控告，竟气死了。死时发誓要到阴间控告他，但过了几十年还是没有报应。

评论者认为这件事首先发难的是乙，甲已处于势不两立的地步，于是铤而走险，其目的不过是使自身免遭伤害，罪过不在甲这边。某人本是为甲去实行反间计的人，是尽忠于其职责，他对乙不算负心，也不能加给他太大的罪名，所以鬼神都不理睬这件事。这事发生在康熙末年。《越绝书》记载子贡对越王说：“但凡有谋害别人的心而让人家知道的，就危险了。”这话难道不是十分确实吗！

乩　诈

扶乩请神本是愚弄群众的迷信行为，但在清代，这种风气十分流行，甚至军国大事也有用扶乩方法来决定的，岂非儿戏！本篇故事指出，扶乩可能被用以掩盖犯罪，也可能被用来陷害好人，为害甚大。文末，作者认为只能把扶乩当作游戏玩玩，不可用以预卜吉凶祸福，虽未能彻底否定这种迷信行为，但在当时已属难能可贵的见解了。

汪旭初言：见扶乩者①，其仙自称张紫阳②。

【注释】

① 扶乩(jī)：旧时迷信活动，两人共扶一箕请神，箕上插笔，在沙盘上画字，以卜吉凶。② 张紫阳：名伯端，字平叔，宋代方士，曾著《悟真篇》。

叩以《悟真篇》①，弗能答也，但判曰"金丹大道，不敢轻传"而已。会有仆妇窃资私逃，仆叩问："尚可追捕否？"仙判曰："尔过去生中②，以财诱人，买其

妻；又诱之饮博，仍取其财。此人今世相遇，诱汝妇逃者，买妻报；并窃资者，取财报也。冥数先定，追捕亦不得，不如已也。”旭初曰：“真仙自不妄语。然此论一出，凡奸盗皆诿诸夙因[3]，可勿追捕，不推波助澜乎？”乩不能答。

【注释】

①《悟真篇》：张紫阳讲述点金、炼丹术的书，玄妙神秘，极难索解。② 过去生：佛教用语，即前生。③ 夙因：前世的因缘。

有疑之者曰：“此扶乩人多从狡狯恶少游[1]，安知不有人匿仆妻而教之作此语？”阴使人侦之。

【注释】

① 狡狯（kuài）：奸诈。

薄暮，果赴一曲巷。登屋脊密伺，则聚而呼卢[1]，仆妇方艳饰行酒矣[2]。潜呼逻卒围所居，乃弭首就缚。

【注释】

① 呼卢：成语“呼卢喝雉”的缩略。古时一种赌博游戏，又叫樗蒲、五木。削木为子，共五个，一子两面，一面涂黑，画牛犊；一面涂白，画雉。五子都黑，叫卢，得头彩。掷

子时，高声喊叫望五子都成卢，故称呼卢。② 行酒：巡行席间，依次斟酒劝饮。

律禁师、巫①，为奸民窜伏其中也。蓝道行尝假此术以败严嵩②，论者不甚以为非，恶嵩故也。然杨、沈诸公③，喋血碎首而不能争者，一方士从容谈笑，乃制其死命，则其力亦大矣。幸所排者为嵩，使因而排及清流④，虽韩、范、富、欧阳⑤，能与枝梧乎⑥？

【注释】

① 师、巫：师公、巫婆。② 蓝道行：明世宗时术士。世宗曾问道行，现在国家为什么不兴盛，道行乘机假借乩语揭发严嵩的罪行。正逢御史邹应龙也上疏揭露严嵩，终于使奸臣严嵩被治罪。③ 杨、沈诸公：杨继盛、沈练等人都曾上疏揭发严嵩的罪恶，但都无效，反被严嵩所害。④ 清流：正直高尚、不与人同流合污的士大夫。⑤ 韩、范、富、欧阳：韩琦、范仲淹、富弼、欧阳修，四人均为宋代贤臣。⑥ 枝梧：抗拒。

故乩仙之术，士大夫偶然游戏，倡和诗词，等诸观剧则可；若借卜吉凶，君子当怖其卒也①。

【注释】

① 卒(cù)：同“猝”，突然。

卷十一《槐西杂志》一

【翻译】

汪旭初讲了这样一件事：曾见有人扶乩，请来的乩仙自称是张紫阳。

人们问及《悟真篇》这本书，他不能对答，只是写道："那是炼金丹的大法，不敢随便告诉人。"其时刚好有个仆人的妻子偷了钱私逃，仆人便问："那女人还能追到吗？"乩仙写道："你前世用钱财引诱人家，买了他的妻子；以后又引诱他饮酒赌博，仍旧取回他所得的钱。这人今世与你相遇，他引诱你老婆逃走这一桩事，是你买他妻子的报应；并且还偷了你的钱，这是你骗取他的钱的报应。阴间早有定数，纵使你追捕也捉不到他们的，不如算了吧。"旭初道："真仙自然不会乱说，但您这个说法一出来，凡是奸邪、偷盗的人都将自己的行为推托是前生的果报，可以不必追捕，这不是对坏行为起了推波助澜的作用吗？"乩无法回答。有怀疑这件事的人说："这个扶乩的人多和狡诈的恶少年来往，又怎知不是有人把仆人妻子藏了起来，而教他编造这些乩语呢？"于是暗中派人去侦查。黄昏时，果然看见扶乩者到一条偏僻的小巷去。侦查的人登上屋脊，秘密探察，见一些人在聚赌，那仆人的老婆正艳装逐一向客人劝酒。他暗中招呼巡逻兵丁，包围了那住宅，屋中人于是俯首被擒。

律例禁止师公、巫婆，因为作奸犯科的人会藏匿其中。明代术士蓝道行曾借用这扶乩术打倒了严嵩，评论这事的人并未认为有什么不妥，那是因为大家都厌恶严嵩的缘故。杨继盛、沈练诸公撞破头颅、流血满地而不能达到的目的，一名方术之士在从容谈笑之间，却置严嵩于死地，他的力量也真是大得很啊！幸好所打击的是严嵩，倘因此而打击到清高正直的士大夫们，那么，虽是韩琦、范仲淹、富弼、欧阳修这样的贤臣，能有力量和他对抗吗？所以扶乩请仙这种方术，士大夫偶然玩玩，用来唱和诗词，当作看戏那样是可以的；如果真靠它来卜问吉凶，君子之人就要提防被突然中伤呀！

唐 打 猎

这是一个著名的、寓意深刻的故事。旌德县猛虎为患，已伤猎户数人，其暴烈与难以对付可知。可是唐家派来的打虎者，不是魁梧勇健的壮士，而是毫不起眼的老少二人，不免让人怀疑他们的能力。在打虎过程中，唐老翁表现出自信、从容和超凡的本领，使人从中得到了有益的启示：一个人的能力高低，绝不能仅凭外表来判断；而绝技的形成，则要靠“练臂十年，练目十年”那样的苦练和熟习。

族兄中涵知旌德县时①，近城有虎暴，伤猎户数人，不能捕。邑人请曰：“非聘徽州唐打猎，不能除此患也。”（休宁戴东原曰②：“明代有唐某，甫新婚而戕于虎。其后妇生一子，祝之曰：‘尔不能杀虎，非我子也；后世子孙如不能杀虎，亦皆非我子孙也。’故唐氏世世能捕虎。”）

【注释】

① 旌(jīng)德县：今属安徽省。② 休宁：县名，今属安

徽省。

乃遣吏持币往。归报唐氏选艺至精者二人，行且至。至则一老翁，须发皓然，时咯咯作嗽；一童子，十六七耳。大失望，姑命具食。老翁察中涵意不满，半跪启曰："闻此虎距城不五里，先往捕之，赐食未晚也。"遂命役导往。役至谷口，不敢行。老翁哂曰："我在，尔尚畏耶？"入谷将半，老翁顾童子曰："此畜似尚睡，汝呼之醒。"童子作虎啸声。果自林中出，径搏老翁。老翁手一短柄斧，纵八九寸，横半之，奋臂屹立。虎扑至，侧首让之。虎自顶上跃过，已血流仆地。视之，自颔下至尾闾①，皆触斧裂矣。乃厚赠遣之。老翁自言炼臂十年，炼目十年。其目以毛帚扫之不瞬，其臂使壮夫攀之，悬身下缒不能动②。

【注释】

① 颔(hàn)：下巴。尾闾：古代传说中海水所汇聚之处，这里借指动物的尾椎骨。② 下缒(zhuì)：往下悬吊着。

《庄子》曰："习伏众神，巧者不过习者之门。"信夫。尝见史舍人嗣彪暗中捉笔书条幅①，与秉烛无异。又闻静海励文恪公②，剪方寸纸一百片，书一字其上，片片向日叠映，无一笔丝毫出入。均习而已矣，非别有谬巧也。

【注释】

① 舍人：清代内阁中的官员。② 励文恪（kè）：清代大臣励杜讷，字近公，静海人，死后谥文恪。

卷十一《槐西杂志》一

【翻译】

我的族兄纪中涵在做旌德县知县时，县城附近出现老虎为害，伤了几个猎户，也没能捕到它。该县的人请求道："不聘请徽州的唐打猎，是不能除掉这虎患的。"（休宁人戴东原说："明代有一位姓唐的人，刚刚新婚便被老虎咬死。唐的妻子后来生下一个儿子，她叮嘱儿子道：'你若不会捕杀老虎，就不是我的儿子；后世子孙如果不会捕杀老虎，也就不是我的子孙。'所以唐氏世世代代都擅长捕虎。"）

纪中涵于是派一位小官员带着钱去徽州。小官员回来报告说唐氏选派了技艺最精的两个人，已上路，即将到达。两人来了，却一个是老头子，须发都白了，不时咯咯地咳嗽着；一个是少年，年纪只有十六七岁罢了。中涵大失所望，姑且叫人为他们准备饮食。老头子觉察到中涵有不满的意思，便半跪禀告道："听说这只老虎离县城不到五里路，我先去捕杀它，回来再吃饭也不晚。"中涵便叫差役带他们前往。差役走到山谷口，便不敢再往前走了。老头子笑他道："有我在这里，你还怕吗？"进到山谷的一半，老头子回头对少年说："这畜生好像还在睡觉，你把它叫醒吧。"那少年发出虎啸的声音，老虎果然从树林中出来，径直向老头子扑去。老头子手拿一把短柄斧，斧长八九寸，宽为长度的一半。他振臂举斧,屹立不动。虎扑了上来,老头子把头一偏让开,老虎又从他头顶跃过,已经淌着血倒在地上。仔细察看,那虎从颌下到尾椎骨都迎着斧刃裂开了。中涵于是厚赠财物送他们回去。老头子说自己曾练臂力十年,炼眼力十年。他的眼睛用毛帚去扫也不会眨一下;他的臂膀让壮汉攀着,悬身下缒也不会动一动。

《庄子》说过:"苦苦练习,达到熟练,可以克服各种神奇的困难,技巧不过是从苦练中得来的。"这话是可信的呀!我曾见史嗣彪舍人在黑暗中执笔书写条幅,和点起蜡烛写的没有两样。又听说静海人励文恪公,剪一寸见方的纸一百张,每张上面写一个字,一张张重叠起来向阳光映视,没有一笔一画有丝毫相差。这都是练习纯熟罢了,并不是另有什么出奇的巧妙方法呀!

西域异物辨

古代中原地区，通过丝绸之路与西域交流频繁。西域的一些珍奇特产，从此传入中原，引起中原人民的新奇和兴趣。同时，有些实非西域出产的奇特物产，又被习惯地附会为来自西域。作者到过新疆，通过实地观察比较，纠正了一些古书和传说中的错误。杂考和辨正，本是笔记的传统内容之一，《阅微草堂笔记》中这类篇章不少，大都言之有物，态度客观，具有一定的参考价值。

《桂苑丛谈》记李卫公以方竹杖赠甘露寺僧①，云此竹出大宛国，坚实而正方，节眼须牙，四面对出云云。案方竹今闽、粤多有，不为异物。大宛即今哈萨克，已隶职方②，其地从不产竹，乌有所谓方者哉！

【注释】

①《桂苑丛谈》：传为五代时严子休所作。李卫公：唐高祖李渊部下大将李靖，曾封卫国公。② 职方：清代兵部设有职方清吏司，掌管舆图、军制等事。已隶职方，意指这

地方已收入我国版图之内。

又《古今注》载乌孙有青田核①，大如六升瓠，空之以盛水，俄而成酒。案乌孙即今伊犁地，问之额鲁特②，皆云无此。又《杜阳杂编》载元载造芸晖堂于私第③。芸香，草名也，出于阗国④，其香洁白如玉，入土不朽烂；舂之为屑，以涂其壁，故号曰芸晖。于阗即今和田地，亦未闻此物。惟西域有草名玛努⑤，根似苍术⑥，番僧焚以供佛，颇为珍贵；然色不白，亦不可泥壁。均小说附会之词也⑦。

【注释】

①《古今注》：晋代崔豹所作。② 额鲁特：西部蒙古族各部的统称，分布于青海、蒙古一带。③《杜阳杂编》：唐代苏鹗所作。元载：唐代宗时宰相。私第：私人住宅。④ 于阗国：古代于阗国在今新疆和田一带。⑤ 玛努：据刘兆云《阅微草堂笔记》选注页一五〇注云："玛努，可能是外来语译音。新疆南疆在宗教祭神仪式上烧的是一种小灌木，俗称香木，似草而非草，很香，但不叫玛努。"⑥ 苍术：中药名。⑦ 小说：古代凡是丛杂的著作都称为小说，本篇中的《桂苑丛谈》等几种，都是这种类型的著作。

卷十一《槐西杂志》一

【翻译】

《桂苑丛谈》记载李卫公把方竹杖赠给甘露寺僧人的

事,说这种竹出产在大宛国,它质地坚实而外形正方,竹节眼和竹须都是从四面相对生出云云。按方竹现在福建、广东都很多,算不得奇异物产。大宛就是现在的哈萨克,已隶属于我国版图之内,那地方从来不出产竹子,哪有所谓方竹呢!

另外,《古今注》记载乌孙地方出产有青田核,大得像六升容量的瓠,把它挖空了盛上水,不一会儿就成了酒。按乌孙即现在的伊犁地区,我问过额鲁特的人,都说没有这种青田核。另外《杜阳杂编》记载元载在私人住宅里建造芸晖堂。芸香是一种草的名字,出产在于阗国,它洁白如玉,埋入泥土里也不会腐烂,把它舂成粉末,用来涂抹墙壁,所以这堂叫做"芸晖"。于阗就是现在的和田地区,也未听说过有这种东西。只是西域有种草叫做玛努的,草根似苍术,番僧把它燃着来供在佛像前,十分珍贵;但是它色泽并不洁白,也不能用来涂刷墙壁。上面提到的这些,都不过是小说杂记这类书的附会之词罢了。

侍郎夫人

在封建社会里，婢女只是奴隶，既没有人身的自由，更没有人格可言。主人对她们凌辱花样之多，虐待手段之狠，不读本篇，难以想象。若配合《复仇》一篇同读，便知奴婢报仇，正是理所当然的事了。

某侍郎夫人卒①，盖棺以后，方陈祭祀，忽一白鸽飞入帏，寻视无睹。俶扰间②，烟焰自棺中涌出，连甍累栋③，顷刻并焚。

【注释】

① 侍郎：清代各部长官，正职为尚书，副职为侍郎。② 俶(chù)扰：骚扰动乱。③ 甍(méng)：屋脊。

闻其生时，御下严：凡买女奴，成券入门后，必引使长跪，先告戒数百语，谓之教导；教导后，即褫衣反接，挞百鞭，谓之试刑。或转侧，或呼号，挞弥甚。挞至不言不动，格格然如击木石，始谓之知畏，然后驱使。

安州陈宗伯夫人[1]，先太夫人姨也，曾至其家。常曰其僮仆婢媪，行列进退，虽大将练兵，无如是之整齐也。

【注释】

① 安州：今河北安新县。宗伯：礼部尚书的别称。

又余常至一亲串家[1]，丈人行也，入其内室，见门左右悬二鞭，穗皆有血迹，柄皆光泽可鉴。闻其每将就寝，诸婢一一缚于凳，然后覆之以衾[2]，防其私遁或自戕也。后死时，两股疽溃露骨[3]，一若杖痕。

【注释】

① 亲串：亲近的人或亲戚。② 衾（qīn）：大被。③ 疽（jū）：痈疮。

卷十二《槐西杂志》二

【翻译】

某侍郎的夫人死了，盖了棺盖以后，正在摆开祭品祭奠，忽然有一只白鸽飞入帏帐内，人们寻视却不见了。正慌乱间，有烟火从棺材里涌出，一排排房屋，不大工夫便被烧毁了。听说夫人在世时，对下人管得很严。凡是买女奴，签了契约入门后，必命令她直挺挺地跪着，先告诫几百句话，称为教导；教导之后，便剥去女奴的衣服，反绑双手，打一百鞭，叫做试刑。有的女奴辗转躲闪，有的女奴呼喊号叫，那就鞭打得更厉害。打到那女奴不吭声不动弹，鞭子像打在木头、石头上那样格格作响，才叫做知道畏惧，然后才使唤她做事情。安州人陈尚书的夫人，是我母亲的姊妹，曾到过侍郎的家，常说他家的老少男女仆人，排成行列或前进后退，都有规矩，虽是大将训练士兵，也没有那么整齐哩！

另外，我曾到过一位亲戚家，这位亲戚是我的长辈。入到他的内室，见门的左右各挂着一条鞭子，鞭穗上都留有血迹，鞭柄都光亮得能照见人。听说那亲戚每到要睡的时候，就将婢女们逐一捆在凳子上，然后蒙上被子，为的是防她们私逃或自杀。后来那亲戚死时，两条大腿长了痈疽，溃烂到露出骨骼，就像是被鞭打过的伤痕一样。

太湖渔女

这则笔记高度赞扬了劳动人民的勇敢坚毅、敢于冲破封建礼法的精神，同时抨击了道学家宣扬的宁死也不能违背礼教的害人理论。

吴惠叔言：太湖有渔户嫁女者，舟至波心，风浪陡作，舵师失措，已欹侧欲沉。众皆相抱哭。突新妇破帘出，一手把舵，一手牵篷索，折戗飞行①，直抵婿家，吉时犹未过也。洞庭人传以为奇②。或有以越礼讥者，惠叔曰："此本渔户女，日日船头持篙橹，不能责以必为宋伯姬也③。"

【注释】

① 折戗（chuàng）：戗，反方向。折戗，顶着逆风侧帆航行。② 洞庭：指洞庭东山与洞庭西山，原为太湖中的两个岛，后与陆地相连。③ 宋伯姬：《左传》襄公三十年记载：宋国大火，宋伯姬严守妇女夜间无伴不出室的礼法，拒绝别人的劝说，不肯出屋，终被烧死。

又闻吾郡有焦氏女，不记何县人，已受聘矣。有谋为媵者，中以蜚语，婿家欲离婚。父讼于官，而谋者陷阱已深，非惟证佐凿凿，且有自承为所欢者。女见事急，竟倩邻媪导至婿家，升堂拜姑曰："女非妇比，贞不贞有明证也。儿与其献丑于官媒①，仍为所诬，不如献丑于母前。"遂阖户弛服，请姑验。讼立解。此较操舟之新妇更越礼矣，然危急存亡之时，有不得不如是者。讲学家动以一死责人②，非通论也。

【注释】

① 官媒：官衙中的女役，女性罪犯的发堂、择配偶、看管、解送等工作，均由官媒执行。② 讲学家：指讲求道学、竭力宣传封建礼教的人。道学是宋儒的哲学思想，以继承孔孟道统，宣扬性命义理之学为主。

卷十三《槐西杂志》三

【翻译】

吴惠叔讲了这么一件事：太湖有户渔民嫁女，船行到湖中心，突然风生浪起，舵手张惶失措，船已倾侧，快要沉没了。船上众人相抱而哭，突然新娘子冲开门帘出来，一手掌舵，一手拽着篷索，驾船迎着逆风侧帆飞驶，直达夫婿家。这时，择定的吉时还未超过。洞庭东西山一带的人传为奇事。有些人讥笑这是超越礼法的行为，惠叔说："她本是渔户的女儿，每天都在船头撑篙掌橹，不能要求她必须像宋伯姬那样呀！"

又听说我家乡河间府有个焦氏人家的女儿，记不起是哪个县的人，已受了聘礼了。有一个图谋娶她为妾的人，散布流言蜚语中伤她，以致夫婿家想解除婚约。焦女的父亲向官府控告，但是那搞阴谋的人设下的陷阱已深，不只证人确凿，而且有自认是她情人的人。焦女见事情危急，竟然请邻居老太太带她到未婚夫家，登堂拜见婆婆说："姑娘不比已婚妇女，贞节不贞节是有明显证据的。我与其献丑于官媒，不如献丑于婆婆面前了。"于是她关起门窗，脱掉衣服，请婆婆检验。一场官司立刻消解了。她比驶船的新娘子更加超越礼法，但是在危急存亡的关头，有不能不这样做的道理。讲学家动不动以死节来要求别人，这可不是通达的议论呀！

驱 雾 法

低温霜冻天气，雾气能冻坏作物。本篇记述的以烟熏和枪击散雾升温的办法，今天仍被使用着，只不过枪击已发展为使用土火箭了。我们祖先在对大自然斗争中所表现出来的智慧和科学态度，是值得后人自豪的。

余乡产枣，北以车运供京师，南随漕舶以贩鬻于诸省①，土人多以为恒业。枣未熟时，最畏雾，雾浥之则瘠而皱②，存皮与核矣。每雾初起，或于上风积柴草焚之，烟浓而雾散；或排鸟铳迎击，其散更速。盖阳气盛则阴霾消也③。凡妖物皆畏火器。

【注释】

① 漕舶：运粮船。鬻（yù）：卖。② 浥（yì）：沾湿。③ 阴霾（mái）：大风夹杂着尘土的阴沉天气，这里则用以指阴气。

史丈松涛言：山陕间每山中黄云暴起，则有风雹害

稼。以巨炮迎击，有堕虾蟆如车轮大者。余督学福建时[1]，山魈或夜行屋瓦上[2]，格格有声。遇辕门鸣炮[3]，则踉跄奔迸，顷刻寂然。鬼亦畏火器。余在乌鲁木齐，曾以铳击厉鬼，不能复聚成形。（语详《滦阳消夏录》）盖妖鬼亦皆阴类也。

【注释】

① 督学：清代管理一省教育的官员叫提督学政。② 山魈（xiāo）：传说中的山中怪物。③ 辕门：古代帝王出巡、田猎，止宿在野外，仰起两车，使车辕相向交接，成一半圆形的门，叫辕门。后以指将帅的营门及总督巡抚等官署的外门。

卷十三《槐西杂志》三

【翻译】

我家乡出产枣子，向北用车运去供应京师，向南搭载运粮船以行销于各省，本地人多以种枣为固定职业。枣子未熟时，最怕雾，被雾水沾湿了的枣子便干瘪而皱，只剩得皮和核了。每逢雾刚起时，人们或于上风处堆起柴草焚烧，烟浓而雾散；或排列鸟枪对雾迎击，雾消散得更快。这大概是由于阳气旺盛就使阴气消散了。凡妖物都是怕火器的。

史松涛前辈说："山西、陕西之间每逢山中黄云猛然升起，就有大风和冰雹为害庄稼。用大炮对之迎击，有时会掉下车轮般大的蛤蟆来。我担任福建提督学政官职时，山魈有时夜里在屋瓦上行走，格格作响。但遇到辕门鸣炮，它就仓皇奔逃，不一会便寂然无声了。”鬼也怕火器的。我在乌鲁木齐时，曾经用枪射击恶鬼，鬼被击后不能再聚合成形。（详见《滦阳消夏录》）大概妖邪和鬼怪也都是阴气一类吧。

狼　性

这是两个关于狼的故事。前者描述了捕狼的方法和过程，生动有趣，反映了古人与兽患斗争的高度智慧。后者则借养狼贻患一事以讽世，暗示世间也有和狼崽那样“阳为亲昵，阴怀不测”的人，提醒人们不要被他们亲热的外表所蒙蔽，忘掉其害人的本性。

沧州一带海滨煮盐之地，谓之灶泡①。袤延数百里②，并斥卤不可耕种③，荒草粘天，略如塞外，故狼多窟穴于其中。捕之者掘地为阱，深数尺，广三四尺，以板覆其上，中凿圆孔如盂大，略如枷状。人蹲阱中，携犬子或豚子④，击使嗥叫。狼闻声而至，必以足探孔中攫之。人即握其足立起，肩以归。狼隔一板，爪牙无所施其利也。然或遇其群行，则亦能搏噬⑤。故见人则以喙据地嗥⑥，众狼毕集，若号令然，亦颇为行客道途患。

【注释】

① 沧州：今河北省沧州市，自古为重要产盐区。② 袤（mào）延：伸展。袤，南北之长。③ 斥卤（lǔ）：盐碱地。④ 豚

(tún):猪。⑤ 噬(shì):咬。⑥ 喙(huì):嘴。

有富室偶得二小狼,与家犬杂畜,亦与犬相安。稍长,亦颇驯,竟忘其为狼。一日,主人昼寝厅事,闻群犬呜呜作怒声,惊起周视,无一人。再就枕将寐,犬又如前。乃伪睡以俟,则二狼伺其未觉,将啮其喉,犬阻之不使前也。乃杀而取其革。此事从侄虞惇言。狼子野心①,信不诬哉!然野心不过遁逸耳;阳为亲昵,而阴怀不测,更不止于野心矣。兽不足道,此人何取而自贻患耶!

【注释】

① 狼子野心:《左传》宣公四年:"谚曰:狼子野心。是乃狼也,岂可畜?"意思是豺狼之子,岂可驯养。

卷十四《槐西杂志》四

【翻译】

沧州一带海边煮制食盐的地方,叫做灶泡。那地方,南北伸延几百里,都是盐碱地,不能耕种,荒草连天,和塞外景象差不多,所以狼多在这地方打洞居住。捕狼的人在地下掘陷阱,深有几尺,阔三四尺,用木板盖在上面,木板中间凿个钵盂大的圆孔,整块木板有点像枷的形状。捕狼人带着小狗或小猪,蹲到陷阱里面,击打小狗或小猪,使它嗥叫。狼听见叫声跑来,必然用前爪伸入孔中抓它们,捕狼人即紧握住狼爪站起来,扛在肩上回家。狼隔着一块木板，无法施展它那锋利的爪牙。但是，有时遇到成群的狼行动，这时它们也能搏斗咬人的。所以狼一见人便用嘴巴抵着地吼叫，众狼闻声齐集，有如听到号令一样，这也很成为旅客在道途中的祸患。

有个富人偶然得到两只小狼，把它和家犬放在一起饲养，它也和犬相安无事。小狼稍长大些时，也很温驯，富人竟忘了这是狼了。一天，主人在厅里午睡，听到群犬发出呜呜的怒声。他惊醒起身，环顾各处，一个人也没有。他再躺下来，快要入睡时，犬吠声又像刚才那样。于是他装做睡着，等候看有什么事发生。而那两只狼想乘他不防备，准备要咬他的喉咙，群狗正在阻止狼，不让它们近前。于是他便将狼杀了，剥取了狼皮。这事是堂侄虞惇讲的。“狼子野心”这句话，的确不假呀！但野心不过是不服驯养要逃跑罢了，像这样表面上与人亲热，而暗中心怀难测的诡计，就更不限于是野心了。野兽不值得说它了，但这富人为什么要自招这种祸患呢！

西藏异人

本篇的记述说明，几百年前，就已有人在西藏接触过“野人”。这里有关于他们身体特点、生活习性、行动特色的详细描述，是一份可贵的资料。

乌鲁木齐遣犯刚朝荣言①：有二人诣西藏贸易②，各乘一骡，山行失路，不辨东西。忽十余人自悬崖跃下，疑为夹坝（西番以劫盗为夹坝，犹额鲁特之玛哈沁也）。

【注释】

① 遣犯：被流放的犯人。② 诣（yì）：到。

渐近，则长皆七八尺，身毵毵有毛①，或黄或绿，面目似人非人，语啁哳不可辨②。知为妖魅，度必死，皆战栗伏地。十余人乃相向而笑，无搏噬之状，惟挟人于胁下，而驱其骡行。至一山坳，置人于地，二骡一推堕坎中，一抽刃屠割，吹火燔熟，环坐吞啖③。亦提二人就坐，各置肉于前。察其似无恶意，方饥困，亦姑食之。

【注释】

① 毵毵(sān):毛很长的样子。② 啁哳(zhāo zhā):鸟叫声。③ 啖(dàn):吃。

既饱之后,十余人皆扪腹仰啸,声类马嘶。中二人仍各挟一人,飞越峻岭三四重,捷如猿鸟,送至官路旁,各予以一石,瞥然竟去。石巨如瓜,皆绿松也[1]。携归货之,得价倍于所丧。

【注释】

① 绿松:绿松石,可镶器物做装饰品。

事在乙酉、丙戌间[1]。朝荣曾见其一人,言之甚悉。此未知为山精,为木魅,观其行事,似非妖物。殆幽岩穹谷之中,自有此一种野人,从古未与世通耳。

【注释】

① 乙酉、丙戌间:清乾隆三十年至三十一年间。

卷十五《姑妄听之》一

【翻译】

流放到乌鲁木齐的犯人刚朝荣讲了这样一件事:有两

个人到西藏做生意，他们各骑一骡，在山中行进时迷了路，分不清东南西北方向。忽然有十多人从悬崖上跃下，他们怀疑是夹坝（西番称劫贼为夹坝，犹如额鲁特人称劫贼为玛哈沁）。那些人渐渐走近，只见他们身高都有七八尺，身上长着长长的毛，毛色或黄或绿，面目似人非人，讲话像鸟叫那样听不明白。两人知道这是妖怪，自忖必死无疑，都吓得伏在地上发抖。这十多人于是相互看着笑笑，并没有要打人、吃人的样子，只是把他们两人挟在胁下，驱赶着骡子往前走。到了一处山坳，他们把人放在地上，将一匹骡子推下山岩，另一匹，则抽出刀来宰了割肉，吹起火来把肉烧熟，围在一起吞食。同时，还把两人提过来就座，各人面前分别放上肉。两人观察这些怪物似无恶意，同时又饿又累，也只好吃了。吃饱之后，那十多人都摸着肚子，仰头发出啸声，声音好像马嘶。其中两人仍然各挟着一人，飞越峻峭山岭三四座，快捷得像猿猴和飞鸟。把两人送到大路旁，给了每人一块石头，一眨眼就走了。那石头有瓜那么大，都是绿松石。他们带回去卖了，所得的售价比丢掉的东西的价值多一倍。

这事发生在乾隆三十年和三十一年之间。刚朝荣曾见过其中一人，讲得很详尽。这些怪物不知道是山精还是木魅，看他们的行为，似乎不是妖怪。大概是深远偏僻的山谷中，本来就有这么一种野人，自古以来从未和世人往来过罢了。

李生恨事

这是一篇情节起伏跌宕、曲折离奇的故事。作者以简淡精炼的文字，把故事叙述得头绪清晰，层次分明。《阅微草堂笔记》中多是没有故事情节的短篇，这篇独以情节胜，是很突出的。

太白诗曰[①]："徘徊映歌扇，似月云中见；相见不相亲，不如不相见。"此为冶游言也[②]。人家夫妇有睽离阻隔而日日相见者[③]，则不知是何因果矣。

【注释】

① 太白：唐代大诗人李白，字太白。② 冶游：与歌伎来往。③ 睽(kuí)：隔离。

郭石洲言：中州有李生者[①]，娶妇旬余而母病，夫妇更番守侍，衣不解结者七八月。母殁后，谨守礼法，三载不内宿。后贫甚，同依外家。外家亦仅仅温饱，屋宇无多，扫一室留居。未匝月，外姑之弟远就馆[②]，送母来依姊。无室可容，乃以母与女共一室，而李生别榻书

斋，仅早晚同案食耳。

【注释】

① 中州：今河南省地区。② 外姑：岳母。就馆：到人家的家塾当教师。

阅两载，李生入京规进取①，外舅亦携家就幕江西②。后得信，云妇已卒。李生意气懊丧，益落拓不自存，仍附舟南下觅外舅。外舅已别易主人，随往他所。无所栖托，姑卖字糊口。

【注释】

① 规：谋划。② 外舅：岳父。就幕：到衙门里去当幕僚。

一日，市中遇雄伟丈夫，取视其字曰："君书大好，能一岁三四十金，为人书记乎？"李生喜出望外，即同登舟。烟水渺茫，不知何处。至家，供张亦甚盛①。及观所属笔札，则绿林豪客也②。无可如何，姑且依止。虑有后患，因诡易里籍姓名。

【注释】

① 供张：陈设布置。② 绿林豪客：对强盗的雅称。

主人性豪侈，声伎满前，不甚避客。每张乐①，必召李生。偶见一姬，酷肖其妇，疑为鬼。姬亦时时目李生，似曾相识，然彼此不敢通一语。盖其外舅江行，适为此盗所劫，见妇有姿首②，并掠以去。外舅以为大辱，急市薄槥③，诡言女中伤死，伪为哭殓，载以归。妇惮死失身，已充盗后房④，故于是相遇。然李生信妇已死，妇又不知李生改姓名，疑为貌似，故两相失。大抵三五日必一见，见惯亦不复相目矣。如是六七年。

【注释】

① 张乐：奏乐。② 姿首：美丽的容貌。③ 槥（huì）：棺材。④ 后房：姬妾所居之处，也用为姬妾的代称。

一日，主人呼李生曰："吾事且败，君文士，不必与此难。此黄金五十两，君可怀之，藏某处丛荻间，候兵退，速觅渔舟返。此地人皆识君，不虑其不相送也。"语讫，挥手使急去伏匿。未几，闻哄然格斗声。既而闻传呼曰："盗已全队扬帆去，且籍其金帛妇女①。"时已曛黑，火光中窥见诸乐伎皆披发肉袒②，反接系颈③，以鞭杖驱之行，此姬亦在其内，惊怖战栗，使人心恻。

【注释】

① 籍：登记。② 肉袒（tǎn）：去掉衣服，裸露身体。③ 反接：手绑在背后。

明日，岛上无一人，痴立水次。良久，忽一人掉小舟呼曰："某先生耶？大王故无恙，且送先生返。"

行一日夜，至岸。惧遭物色①，乃怀金北归。至则外舅已先返。仍在其家，货所携，渐丰裕。念夫妇至相爱，而结褵十载②，始终无一月共枕席。今物力稍充，不忍终以薄槥葬，拟易佳木，且欲一睹其遗骨，亦夙昔之情。外舅力沮不能止，词穷吐实。急兼程至豫章③，冀合乐昌之镜④。则所俘乐伎，分赏已久，不知流落何所矣。每回忆六七年中，咫尺千里，辄惘然如失。又回忆被俘时，缧绁鞭笞之状，不知以后摧折，更复若何，又辄肠断也。从此不娶，闻后竟为僧。

【注释】

① 物色：形貌。这里是指按照形貌查访缉拿。② 结褵(lí)：褵是古代女子出嫁时所用的佩巾。结褵代指结婚。③ 豫章：江西南昌的别称。④ 乐昌之镜：即俗称"破镜重圆"的故事。孟棨《本事诗》记载：南朝陈将亡时，驸马徐德言预料妻子乐昌公主将被抢走，于是将一枚铜镜打破，与妻子各执一半，约定作为他日重见时的凭证。陈亡，乐昌公主为隋杨素占有。后徐德言至京城，遇人卖镜，取与己藏之半相合，感而题诗。公主见诗悲泣。杨素知道后，遂使公主与德言团圆。后世便以破镜重圆比喻夫妻失散或离婚后重又团聚。

戈芥舟前辈曰："此事竟可作传奇，惜未无结束，与

《桃花扇》相等[①]。虽曲终不见，江上峰青[②]，绵邈含情，正在烟波不尽，究未免增人怊怅耳[③]。”

【注释】

①《桃花扇》：传奇剧本，清代孔尚任作。剧中的男女主人公被安排以入山修道作结，以后的事就不记载了。所以这里说它“无结束”。②“曲终”二句：“曲终人不见，江上数峰青”，是唐代诗人钱起《省试湘灵鼓瑟》诗中的句子。③ 怊（chāo）怅：悲伤失意的样子。

卷十五《姑妄听之》一

【翻译】

李白诗：“徘徊映歌扇，似月云中见；相见不相亲，不如不相见。”这是为与歌伎交往的人写的。人家夫妇有长期分离阻隔，可又天天见面的，那就不知道是什么因果报应造成的了。

郭石洲讲了这样一件事：河南有个姓李的书生，娶亲十多天，母亲就病倒了。夫妇俩轮番守候侍奉，七八个月来衣不解带；母亲死后，李生谨守礼法，三年不到卧室和妻子同房。后来，他们变得十分贫困，李生便同妻子一起投靠到岳父家。岳父家也仅仅能过温饱日子，房子不多，便打扫了一间居室留他们住下。不到一个月，岳母的弟弟要到远地当教师，把他母亲送来依靠姊姊。岳父家已经没有空房让她住了，于是只好让她和女儿同住一室，而李生则另设床铺在书房睡，夫妇俩仅早晚同桌吃饭时在一起罢了。

过了两年，李生进京谋进取，岳父也带了全家，到江西去做幕僚。后来李生接到信，说是妻子已经死了。他心情懊丧，更加潦倒，无法维持生活，于是搭船南下找岳父，而岳父这时已换了主人，随新主人到别处去了。李生没了依靠，便暂且卖字维持生活。

一天，在市上遇到一位身材雄伟的男子，那男子拿起他写的字看了看道："先生的书法十分好，能不能以一年三四十两银子的待遇，为人家做文书工作呢？"李生喜出望外，即与那人一同上船。路上烟霭水波，浩荡渺茫，也不知到了什么地方。到那人家里，看见一切陈设布置都很华丽。及至看到他所委托写的书信，才知道这人原来是个绿林豪客。李生无可奈何，也只好在此暂且栖身。但李生怕有后患，因此假造了籍贯和姓名。

主人性爱奢侈，歌伎排满座前，也不大回避客人。每逢演奏歌乐，必叫李生观赏。李生偶见主人的一个姬妾，极像自己的妻子，怀疑她是鬼。那姬妾也常常注视李生，好像曾经认识。但彼此都不敢交谈一句。原来当初李生的岳父坐船沿江行驶，刚巧被这强盗所劫，强盗见李生妻子貌美，便一同劫了去。岳父认为这是很大的耻辱，急忙买了一口薄板棺材，诈称女儿遇劫时受伤而死，假作哭丧殡殓，载着棺材回家。李生妻子因怕死已委身做了强盗的妾了，所以夫妇俩在这里相遇。但李生相信妻子已死，妻子又不知李生改换了姓名，估量只是容貌相似，所以两人都错过了相认的机会。他俩大约三五天必能见一次，见惯了也就不再互相注视了。这样过了六七年。

一天，主人把李生叫去，说道："我的事将要失败，先生是文士，不必和我一起蒙受这灾难。这里有黄金五十两，你可以带上它，藏在某处芦苇丛里。等官兵退了，赶快找条渔船回家。这里的人都认识你，不用担心他们不相送。"说罢，挥手叫李生赶快藏匿起来。不久，李生听到喧闹的格斗声，随后听见有人大声说道："强盗已全队驾船扬帆走了，暂且登记他们的财物和妇女。"这时已是黄昏，李生从火光中窥见一班歌伎都披头散发、衣衫不整地露出身体，反绑双手和拴住脖子，被人用鞭子棍棒赶着走，那个姬妾也在里边，她惊惧发抖，让人见了心里十分同情。第二天，岛上已经没有一个人了，李生痴痴地站在水边。过了很久，忽然有个人划着小船喊道："你是某先生吗？大王依然平安无事，现在且送先生回家。"船走了一天一夜到岸。李生怕遭到查访，便带着金子回到北方。到家后，岳父已先回来了。李生仍住在他家，将所带的黄金卖掉，家境渐渐富裕了。他想到过去夫妇十分相爱，但是结婚十年，同房共宿的日子算起来也不够一个月，现在财富稍多，不忍心还是用薄棺木葬妻子，便打算换一副好棺木，并且也想见见她的遗骨，这也是往日的情义。岳父极力阻止无效，无话可说了，只得吐露真情。李生于是日夜兼程赶往南昌，希望能和妻子破镜重圆。到了南昌后，才知道所俘的歌伎早已分别赏赐给别人，也不知她流落到什么地方去了。

李生每逢回忆起这六七年里的事，和妻子近在咫尺却犹如相隔千里，便怅惘得像失落了什么似的。他又回忆起妻子被俘时，受捆绑鞭打的情形，不知她后来遭到的摧残更会怎样，又常常心伤肠断。李生从此不再娶妻，听说后来竟做了和尚。

戈芥舟前辈说："这事简直可写成传奇故事，可惜没有结尾，和《桃花扇》剧本相同。虽说是'曲终不见，江上峰青'，含情悠远，恰在那烟霭水波不尽之处，但终究不免令人增添惆怅罢了。"

讲学者的假面

教书先生有着正直不苟的名声，在行动上又时时用礼法来管束学生，道貌岸然。不料骨子里却完全相反。“外有余必中不足”，是很恰当的评价。

董曲江前辈言：有讲学者[①]，性乖僻，好以苛礼绳生徒[②]。生徒苦之。然其人颇负端方名，不能诋其非也。

【注释】

① 讲学者：讲求道学的人。但这人又是个教书先生。
② 绳：约束。

塾后有小圃，一夕，散步月下，见花间隐隐有人影。时积雨初晴，土垣微圮[①]，疑为邻里窃蔬者。迫而诘之，则一丽人匿树后，跪答曰：“身是狐女，畏公正人不敢近，故夜来折花。不虞为公所见，乞曲恕。”言词柔婉，顾盼间百媚俱生。讲学者惑之，挑与语。宛转相就，且云：妾能隐形，往来无迹，即有人在侧亦不睹，不

至为生徒知也。因相燕昵。比天欲晓，讲学者促之行。曰："外有人声，我自能从窗隙去，公无虑。"俄晓日满窗，执经者麕至[②]，女仍垂帐偃卧。讲学者心摇摇，然尚冀人不见。忽外言某媪来迓女。女披衣径出，坐皋比上[③]，理鬓讫，敛衽谢曰："未携妆具，且归梳沐。暇日再来访，索昨夕缠头锦耳[④]。"乃里中新来角妓[⑤]，诸生徒贿使为此也。

【注释】

① 圮(pǐ)：坍塌。② 执经者：这里指学生。麕(qún)：成群。③ 皋比(gāo pí)：本指虎皮。宋代哲学家张载坐在虎皮椅上讲课，后世遂称讲席为皋比。④ 缠头锦：古代歌舞艺人表演时以锦缠头，客人以罗锦为赠，称为缠头。后来又以此作为对妓女酬赠财物的代称。⑤ 角妓：善歌舞能演剧的妓女。

讲学者大沮，生徒课毕归早餐，已自负衣装遁矣。外有余必中不足，岂不信乎！

卷十六《姑妄听之》二

【翻译】

董曲江前辈讲了这样一件事：有位教书先生，性情乖僻，喜欢用苛刻的礼法来约束学生。学生们对此很反感。但这人很有正直不苟的名声，人们无法指责他做得不对。

书塾后面有个小花圃，一夜，教书先生在月下散步，见花间隐隐约约有人影。这时久雨初晴，土墙微有塌缺，他怀疑是邻居来偷蔬菜的。近前去查问，却是一美貌女子藏身树后，她跪下答道："我是狐女，惧怕先生是正人君子，不敢接近，所以才夜里来摘花。不料被先生发现，请多多原谅。"言词温柔婉转，左顾右盼之时，流露出千娇百媚。教书先生被她迷住了，用话挑逗她，她婉转相就。并且说自己能够隐身，往来都没有踪迹，即使有人在旁边也看不见，不会被学生们知道的。于是二人便亲热做爱。到天将亮时，教书先生催她走，她说道："外面有人声，但我自会从窗缝中出去，先生不必担心。"不久，早晨的太阳照满窗户，学生们成群来到，那女人仍然在垂下的帐子里仰卧。教书先生心神不安，但还希望人们看不见。忽然外边传话说某老太太来接女儿。那女人披上衣衫径直出来，坐在讲席上，梳理完头发后，向教书先生行礼告辞说："没有带上梳妆的用具，现在且先回去梳洗，等有闲时再来拜访，索取昨夜的报酬好了。"原来她是乡中新来的角妓，是学生们出钱买通她这样做的。

教书先生十分沮丧。学生们上完课回家吃早饭时，教书先生已经自行背上行李溜走了。凡是外表装得过分的人，必定内里有所欠缺，的确是这样的啊！

复　仇

在封建社会里,劳动人民遭受官绅的残酷压迫,有冤难诉。他们既不能指望得到法律的保护,惟有采用非常的手段报仇雪恨,这是理所当然的。作者告诫那些做尽坏事的恶人:逃得过人祸,也逃不过天刑。虽陷于迷信,但对正义的复仇行动却是给予肯定的。

周景垣前辈言:有巨室眷属,连舻之任[①],晚泊大江中。俄一大舰来同泊,门灯樯帜,亦官舫也。日欲没时,舱中二十余人露刃跃过,尽驱妇女出舱外。有靓妆女子隔窗指一少妇曰[②]:"此即是矣。"群盗应声曳之去。一盗大呼曰:"我即尔家某婢父。尔女酷虐我女,鞭捶炮烙无人理[③]。幸逃出遇我,尔追捕未获。衔冤次骨,今来复仇也。"言讫,扬帆顺流去,斯须灭影。缉寻无迹,女竟不知其所终,然情状可想矣。夫贫至鬻女,岂复有所能为?而不虑其能为盗也。婢受惨毒,岂复能报?而不虑其父能为盗也。此所谓蜂虿有毒欤[④]!

【注释】

① 舻(lú):船头。借指为船。之:去。② 靓(jìng)妆:

艳丽的装饰。③ 炮烙（páo luò）：古代一种酷刑，用烧红的金属炙烫人体。④ 蜂虿（chài）有毒：虿是蝎子一类的毒虫，意谓物虽小而能为害于人。

又李受公言：有御婢残忍者，偶以小过闭空房，冻饿死，然无伤痕。其父讼不得直，反受笞。冤愤莫释，夜逾垣入，并其母女手刃之。海捕多年[1]，竟终漏网。是不为盗亦能报矣。又言京师某家火，夫妇子女并焚，亦群婢怨毒之所为。事无显证，遂无可追求。是不必有父亦能自报矣。

【注释】

① 海捕：官府发出公文追捕在逃人犯。

余有亲串，鞭笞婢妾，嬉笑如儿戏，间有死者。一夕，有黑气如车轮，自檐堕下，旋转如风，啾啾然有声，直入内室而隐。次日，疽发于项如粟颗，渐以四溃，首断如斩。是人所不能报，鬼亦报之矣。人之爱子，谁不如我？其强者衔冤茹痛，郁结莫申，一决横流，势所必至。其弱者横遭荼毒[1]，赍恨黄泉[2]，哀感三灵[3]，岂无神理！不有人祸，必有天刑，固亦理之自然耳。

【注释】

① 荼毒：残害。② 赍（jī）：怀抱着。黄泉：人死后埋葬

的墓穴。亦以指阴间。③ 三灵：指天、地、人。

卷十七《姑妄听之》三

【翻译】

周景垣前辈讲了这样一件事：有个大官的家眷，乘了几条船到任所去。晚上，船停泊在大江中。不久，一艘大船前来同泊在一起，船舱门挂着灯笼，桅杆上飘着旗帜，看样子也是一条官船。太阳将落时，舱中二十多人一齐露出兵器，跳上官眷的船，把妇女尽数赶出舱外。有个艳妆女子隔着船窗指着个少妇说："这人就是了。"群盗应声把少妇拖走。其中一个贼大叫道："我就是你家某婢女的父亲。你的女儿残酷地虐待我女，毫无人性地对她鞭打、炮烙。幸亏她逃出来遇到我，你要追捕而没能抓到她。我们父女衔冤入骨，今天特来报仇雪恨。"说完，张满船帆顺流而去，不一会便连影儿也不见了。官家到处缉拿，毫无踪迹，那少妇的结局如何竟无法知道，但那情形的不妙是可想而知的了。按理说，父亲贫困到要卖女儿，哪还能有什么作为？却没想到他能做强盗呀！婢女受到惨毒折磨，哪还能够报复，却不料她的父亲能做强盗呀！这正如人们所说的，蜂虿虽小，却是有毒的呢！

另外，李受公讲了这样一件事：有个对待婢女非常残忍的人，偶然因一点小过失便把婢女禁闭在空房内，让她冻饿致死，但没有一点伤痕。婢女的父亲向官府控告，没有得到公正判决，反而挨了鞭打。他冤愤难消，便在夜里翻墙进入那人家，将她们母女一起亲手杀掉。官府发出公文通缉多年，终于被他漏网。那么，不做强盗也能报仇了。

李受公又讲起另一件事：京城里某户人家失火，主人夫妇和子女都烧死了，这也是婢女们出于怨恨做出来的。因为事情没有明显的证据，也就无从追究了。那么，不必有父亲的帮助也能够自己报仇了。

我有家亲戚，他鞭打婢女和侍妾，就像儿童嬉戏玩耍似的，间中有被他打死的。一夜，有车轮般大的一团黑气，从屋檐上堕下，它旋转得像风一样，发出啾啾的响声，直入里屋便不见了。第二天，这位亲戚脖子上长了粟粒样的毒疮，毒疮渐渐地向四周溃烂，最后脖子烂断，像被刀斩过一样。那么，人所不能报的仇，鬼也能报了。其实，人们疼爱他的孩子，哪个不和自己一样？刚强的人衔冤忍痛，郁结在心中无处申诉，一旦它冲破堤坝泛滥起来，就必然会做出寻衅复仇那样的事。而有些软弱的人，横遭残害，含恨于黄土之下，他的哀痛感动了三灵，又怎会没有天理的报应！害人者不遭到人们的报复，就必定会受到上天的惩罚，这也是合乎情理的呀。

游僧卖药

游僧卖药的方法似乎很神妙，揭穿之后，不过是那么一回事。至于道学家天天讲求正心诚意之学，但却言行不符。纪昀十分反对道学家的空谈和虚伪，所以《阅微草堂笔记》中常常有这类讽刺他们的故事。

河间有游僧，卖药于市。以一铜佛置案上，而盘贮药丸，佛作引手取物状。有买者，先祷于佛，而捧盘进之。病可治者，则丸跃入佛手；其难治者，则丸不跃。举国信之。后有人于所寓寺内，见其闭户研铁屑。乃悟其盘中之丸，必半有铁屑，半无铁屑；其佛手必磁石为之，而装金于外。验之信然，其术乃败。

会有讲学者，阴作讼牒，为人所讦①。到官昂然不介意，侃侃而争。取所批《性理大全》核对②，笔迹皆相符，乃叩额伏罪。太守徐公，讳景曾，通儒也，闻之笑曰："吾平生信佛不信僧，信圣贤不信道学。今日观之，灼然不谬。"

【注释】

① 讦(jié)：揭发。②《性理大全》：明代胡广编，收录

宋代哲学家论说的书。

卷十七《姑妄听之》三

【翻译】

河间县有个游方僧人，在市上卖药。他把一尊铜佛像放在桌上，而用盘子盛着药丸。铜佛作伸手取物之状。遇有买药的人，游僧先让他向佛像祈祷，然后捧着盘子向佛像递过去。如果病是可以治的，那么药丸便跳进佛像手中；如果病是难以治好的，那么药丸便不跳过去。全县的人都相信那游僧的法力。后来有人在这游僧所住的寺庙内，见他关起门来捣制铁粉，于是才醒悟他那盘子里的药丸，必定有一半是含有铁粉的，一半是不含铁粉的；那佛像的手必定是用磁石做成，而包金箔在外面。人们检验那佛像和药丸，果然是这样，这才揭穿了那游僧的伎俩。

其时刚好有个讲求道学的人，暗地里替人写打官司的诉状，被人揭发。他被传唤到官府时，昂昂然全不在意，滔滔不绝地为自己辩护。官府取他所批写的《性理大全》这本书核对笔迹，发现笔迹都与诉状相符，他才叩头认罪。太守徐公，名叫景曾，是位博通古今、学识渊博的儒者，听了这事笑道："我平生信佛不信僧人，信圣贤不信道学家。现在看来，我的见解是明白透彻而没有错的。"

京 师 骗 术

作为京城，它的居民来自四面八方，良莠不齐，自是客观存在的事实。本篇详述种种作伪方法，反映了当时的社会现实和风气。

人情狙诈①，无过于京师。余常买罗小华墨十六铤②，漆匣黯敝，真旧物也。试之，乃抟泥而染以黑色③，其上白霜，亦盦于湿地所生④。又丁卯乡试⑤，在小寓买烛，爇之不燃。乃泥质而幂以羊脂⑥。又灯下有唱卖炉鸭者，从兄万周买之。乃尽食其肉，而完其全骨，内傅以泥，外糊以纸，染为炙煿之色⑦，涂以油，惟两掌头颈为真。又奴子赵平以二千钱买得皮鞾⑧，甚自喜。一日骤雨，著以出，徒跣而归⑨。盖鞾则乌油高丽纸揉作皱纹⑩，底则糊粘败絮，缘之以布。其他作伪多类此，然犹小物也。

【注释】

① 狙(jū)诈：狡猾奸诈。② 罗小华墨：明代制墨家罗小华，名龙文，所造的墨中掺有金、玉、珍珠等，以示贵重。铤(dìng)：锭的本字。③ 抟(tuán)：把散碎的东西捏聚成

团。④ 弇(ān)：同“庵”。放置、覆盖之意，这里当埋藏讲。⑤ 丁卯：此指乾隆十二年。⑥ 幂(mì)：罩。⑦ 炙煿(bó)：烧烤。⑧ 鞾(xuē)：同“靴”。⑨ 徒跣(xiǎn)：光着脚。⑩ 靿(yào)：靴筒。

有选人见对门少妇甚端丽，问之，乃其夫游幕，寄家于京师，与母同居。越数月，忽白纸糊门，合家号哭，则其夫讣音至矣。设位祭奠，诵经追荐[①]，亦颇有吊者。既而渐鬻衣物，云乏食，且议嫁。选人因赘其家。又数月，突其夫生还，始知为误传凶问。夫怒甚，将讼官。母女哀吁，乃尽留其囊箧，驱选人出。越半载，选人在巡城御史处，见此妇对簿[②]。则先归者乃妇所欢，合谋挟取选人财，后其夫真归而败也。黎丘之技[③]，不愈出愈奇乎！

【注释】

① 追荐：迷信行为，诵经拜忏以超度死者。② 对簿：受审。③ 黎丘之技：《吕氏春秋·疑似》记载的寓言：黎丘地方一老人，醉酒回家。路上，被伪装其子的鬼所骗；以后老人带剑出门，醉归，其子来迎接，老人以为又是鬼所变，杀了儿子。

又西城有一宅，约四五十楹[①]，月租二十余金。有一人住半载余，恒先期纳租，因不过问。一日，忽闭门去，不告主人。主人往视，则纵横瓦砾，无复寸椽，惟前后临街屋仅在。盖是宅前后有门，居者于后门设木肆，贩鬻屋材，而阴拆宅内之梁柱门窗，间杂卖之。各居一巷，故人不能觉。累栋连甍，搬运无迹，尤神乎技矣。然是五六事，或以取贱值，或以取便易，因贪受饵，其咎亦不尽在人。钱文敏公曰："与京师人作缘，斤斤自守，不入陷阱已幸矣。稍见便宜，必藏机械，神奸巨蠹②，百怪千奇，岂有便宜到我辈。"诚哉是言也。

【注释】

① 楹(yíng)：房屋的柱子，也代作量词用，一所房子称一楹。② 神奸巨蠹(dù)：老奸巨猾。

卷十七《姑妄听之》三

【翻译】

人情的奸猾狡诈，没有超过京师的了。我曾买罗小华制作的墨十六锭，装墨的漆匣子颜色黯淡破旧，真像是先代遗留下来的物件。试用那墨锭，却是用泥捏成而染上黑色，那上面的白霜，也是埋置于湿地下所生成的。又丁卯年参加乡试，我在小寓所买蜡烛，点火不燃，原来是用泥造成而外面罩上羊脂。又有人在灯光下叫卖炉鸭的，我堂兄万周买了回来。原来是卖家将鸭肉全取下吃了，保全下全副鸭骨架子，在它内部涂上泥巴，外面糊上纸，染成烧烤的颜色，再涂上油，只有两只鸭掌和头颈是真的。又一件事是仆人赵平用二千文钱买了双皮靴，自己十分高兴。一天骤然下雨，他穿了靴子出门，却打着赤脚回家。原来那靴筒子是用乌油高丽纸揉成皱纹，靴底则用糨糊粘上破棉絮，在边缘上蒙上布造成的。其他伪冒的方法大多和这些相同，但还只是伪造些小东西。

有位候选官员见对门的少妇很端庄秀丽，向她一打听，原来她丈夫在外地做幕僚，把家庭寄居于京师，她和母亲同住。过了几个月，少妇家忽然用白纸糊门，全家哭喊，原来是她丈夫的讣告送到了。她们设立灵位祭奠，请和尚念经超度亡魂，也很有些人前来吊祭。不久她们就渐渐变卖衣物，说是没吃的了，并且在商量着少妇要改嫁。候选官员于是入赘到她家。又过了几个月，她的丈夫突然活着回家，这才知道是误传了凶讯。她的丈夫十分愤怒，将要告官。她母女苦苦哀求，于是丈夫将候选官员的箱囊行李全部留下，把人驱逐出门。过了半年，候选官员在巡城御史处，看见那少妇在受审。原来先回家的那人是少妇的情人，两人合谋要挟夺走候选官员的财物，以后她的丈夫真的归来而致败露了。黎丘之鬼的伎俩，真是愈出愈奇了！

又西城有一住宅，约有四五十间房子，每月租金二十多两。有个人住了半年多，时常先期交纳租金，因此主人没有过问。一天，租客忽然关门走了，没有告知主人。主人前往看视，只见宅内瓦砾纵横，连一根柱子都没有了，只有一前一后临街的屋子仅存。原来这所住宅前后有门，租客在后门开设一间卖木料的店铺，贩卖建筑木材，而暗中拆掉宅内的梁、柱、门窗，掺杂其中出卖。前门和后门分别在不同的巷子里，所以人们无法觉察。层层相连的梁和柱，被搬走而不露痕迹，更是神乎其技了。但这五六件事，或是因为价钱贱，或是图方便，因贪心而上钩的，其过错也不尽在别人。

钱文敏公说："同京师的人打交道，能够谨慎自守，不堕入陷阱已是万幸的了；如果稍有便宜，其中必定暗藏奸诈。老奸巨猾的人，手段千奇百怪，哪有便宜落到我们身上。"这话的确不错。

盗女破盗

强盗头子的女儿能够击败来行劫的强盗，是因为她熟悉他们的作案手法和行动规律。而整个破盗行动的布置，周密妥当，进退适宜，尤其显出她的指挥才能。

马德重言：沧州城南，盗劫一富室，已破扉入，主人夫妇并被执，众莫敢谁何①。有妾居东厢，变服逃匿厨下，私语灶婢曰："主人在盗手，是不敢与斗。渠辈屋脊各有人，以防救应，然不能见檐下。汝抉后窗循檐出，密告诸仆：各乘马执械，四面伏三五里外。盗四更后必出，四更不出，则天晓不能归巢也。出必挟主人送，苟无人阻，则行一二里必释，不释恐见其去向也。俟其释主人，急负还而相率随其后，相去务在半里内。彼如返斗即奔还，彼止亦止，彼行又随行。再返斗仍奔，再止仍止，再行仍随行。如此数四，彼不返斗则随之得其巢，彼返斗则既不得战，又不得遁，逮至天明，无一人得脱矣。"婢冒死出告，众以为中理，如其言，果并就擒。重赏灶婢。

【注释】

① 莫敢谁何：不敢诘问是谁。

妾与嫡故不甚协[①]，至是亦相睦。后问妾何以办此？泫然曰[②]："吾故盗魁某甲女。父在时，尝言行劫所畏惟此法，然未见有用之者。今事急姑试，竟侥幸验也。"故曰，用兵者务得敌之情。又曰，以贼攻贼。

【注释】

① 嫡：这里指富户的正房夫人。协：和睦。② 泫(xuàn)然：伤心流泪的样子。

卷十八《姑妄听之》四

【翻译】

马德重讲了这样一件事：在沧州城南，有强盗抢劫一户有钱人家，已破门入内，主人夫妇都被抓住，家中众人都不敢诘问是些什么人。富人有个侍妾住在东厢房，她改换了服装，逃避到厨房里，偷偷对厨房婢女说："现在主人在强盗手里，因此我们不敢和他们搏斗。他们一伙在屋脊上都布置了人，以防救兵，但他们是看不到檐下地方的。你弄开后窗沿着檐下出去，秘密通知所有仆人，让他们各人乘马拿着器械，到三五里外地方埋伏。强盗四更后必定出去，因为四更不走，那么天亮时就不能返回贼窝了。他们出去时，必定挟持主人相送，如果没人阻拦，那么，走出一两里后他们必定释放主人,不释放就怕人家看到他们的去向。等他们释放主人时,你们迅速将主人背回来,其余的人依次跟在强盗后面,距离务必保持在半里之内。他们如果回身搏斗,你们就往回跑,他们停下你们也停下,他们走你们又跟着走。他们再回身打斗,你们仍旧往回跑,他们再停下你们也再停下,再走你们也跟着走。这样重复几次,他们不回身打斗了,就跟着他们直至找到贼窝。他们回身打斗既打不成,想跑又跑不掉,到天明,就没有一个人能逃脱了。"婢女冒着生命危险出去告诉各仆人。仆人们认为这个办法合理,照着去做,强盗果然都被抓到了。事后主人重赏了那厨房婢女。

那侍妾同富人的正房妻子本不很和睦,这时也和好了。后来,富人问侍妾为什么懂得捉贼的办法。侍妾流着泪说:"我本是贼首某甲的女儿。父亲在世时,曾讲过打劫时最怕的只有这种对付办法,但未曾见有人用过。现在事情危急,我姑且试用,竟能侥幸应验。"所以说,指挥军事的人务必要了解敌情。又说,要用贼的办法来对付贼。

侠　妓

饥荒发生的时候，富人有钱有粮，却不顾人们死活，想借机发财；被看作贱民的妓女，却有一副侠义心肠，要解救苦难的饥民。富者卑污，“贱”者高尚，形成强烈的对照。最后富翁受愚弄，灾民得救，实在是大快人心的事。

张太守墨谷言：德、景间有富室[①]，恒积谷而不积金，防劫盗也。

【注释】

① 德、景：德州（今山东省德州市）、景州（今河北省景县）。

康熙、雍正间，岁频歉，米价昂。闭廪不肯粜升合[①]，冀价再增。乡人病之，而无如何。有角妓号玉面狐者曰：“是易与，第备钱以待可耳。”乃自诣其家曰：“我为鸨母摇钱树[②]，鸨母顾虐我，昨与勃谿[③]，约我以千金自赎。我亦厌倦风尘，愿得一忠厚长者托终身，念无如公者。公能捐千金，则终身执巾栉[④]。闻公不喜积金，即钱二千贯亦足抵[5]。昨有木商闻此事，已回天津取资。计其到，当在半月外。我不愿随此庸奴。公能于十日内先定，则受德多矣。”

【注释】

① 粜(tiào)：卖粮食。升合：容量单位，十合为一升。② 鸨(bǎo)母：妓女的养母。③ 勃豀(xī)：争吵。④ 巾栉：手巾和梳、篦，执巾栉意谓做妾伺候丈夫。⑤ 贯：旧时货币单位，一贯为铜钱一千文。

张故惑此妓，闻之惊喜，急出谷贱售。廪已开，买者坌至[1]，不能复闭，遂空其所积，米价大平。谷尽之日，妓遣谢富室曰：“鸨母养我久，一时负气相诟，致有是议。今悔过挽留，义不可负心。所言姑俟诸异日。”富室原与私约，无媒无证，无一钱聘定，竟无如何也。

【注释】

① 坌(bèn)：一齐聚集。

此事李露园亦言之，当非虚谬。闻此妓年甫十六七，遽能办此，亦女侠哉！

卷十八《姑妄听之》四

【翻译】

张墨谷太守讲了这样一件事：德州、景州之间有个富户，总是积聚粮食而不积蓄金银，为的是防抢劫。

康熙、雍正年间，一连几年收成不好，米价高涨。但富户紧闭粮仓，一升一合都不卖，希望粮价再增高。当地人怨恨他这做法，但又奈何他不得。有一位角妓叫做玉面狐的对大家说："这事好对付，你们只管备好钱等着就行了。"于是她亲自到富户家去，对富翁说："我是鸨母的摇钱树，鸨母反而虐待我。昨天我和她吵起来，她约定我拿出一千两银子自行赎身出去。我也厌倦了烟花生涯，愿得到一位忠厚长者来托付终身，考虑到没有谁比老爷你更合适的了。你能舍弃一千两银子，那么我就终身侍奉你。听说老爷不喜欢积蓄银两，那么只要二千贯钱也足抵那个数了。昨天有个木材商人听到这事，已返回天津去取钱。预计他回来的时间，要在半个月以外。我不愿意跟随那个庸俗家伙。如果老爷能在十天内先把这事定下来，那么我就领你的大恩德了。"姓张的富翁早就迷上这个妓女，听后又惊又喜，赶忙拿出粮食贱卖。粮仓已经打开，买粮的人一齐聚集起来，此时粮仓不能再关闭，存粮于是被买一空，市上粮价大平。当存粮卖尽那天，妓女派人向富户道歉说："鸨母养育我多年，只是一时赌气相骂，才有要我自行赎身的约定。现在她后悔过错，挽留了我，从道理上说我不可以负心。托付终身的话且待日后再说吧。"这本是富户和妓女私下约定的事情，没有媒人，没有旁证，又没有下过一文钱的聘礼，富户竟拿她没有办法。

这件事李露园也曾谈过，应当不会假的。听说这个妓女才十六七岁，竟然能办理这样的事，也算得是女侠了！

交 河 吏

清代地方政权中，幕僚（即俗称师爷）、吏胥、家丁这三种人为患极大。他们熟悉法律，手中有点权力和关系，老练狡猾，善钻空子，于是贪赃枉法，欺压善良，覆雨翻云，无恶不作，交河吏便是个典型的例子。乡民妻子能机智地用计耍弄县吏，解救丈夫，真是大快人心的事。

王梅序言：交河有为盗诬引者①，乡民朴愿，无以自明，以赂求援于县吏。吏闻盗之诬引，由私调其妇，致为所殴，意其妇必美，却赂而微示以意曰："此事秘密，须其妇潜身自来，乃可授方略。"居间者以告乡民②。乡民惮死失志③，呼妇母至狱，私语以故。母告妇，咈然不应也④。

【注释】

① 交河：今河北省交河县。诬引：在口供中诬陷牵连别人。② 居间者：为双方调解说合的人。③ 失志：欠考虑。④ 咈（fú）然：生气的样子。

越两三日，吏家有人夜叩门。启视，则一丐妇，布帕裹首，衣百结破衫[1]，闯然入。问之不答，且行且解衫与帕，则鲜妆华服艳妇也。惊问所自，红潮晕颊，俯首无言，惟袖出片纸。就所持灯视之，某人妻三字而已。吏喜过望，引入内室，故问其来意。妇掩泪曰：“不喻君意，何以夜来？既已来此，不必问矣，惟祈毋失信耳。”吏发洪誓，遂相嬿婉[2]。潜留数日，大为妇所蛊惑，神志颠倒，惟恐不得妇意。妇暂辞去，言村中日日受侮，难于久住，如城中近君租数楹，便可托庇荫，免无赖凌藉，亦可朝夕相往来。吏益喜，竟百计白其冤。

【注释】

① 百结：以碎布联结成的衣服，称为百结衣。后来常用以指衣服的多补丁。② 嬿（yàn）婉：本意为安闲和顺，这里指男女情爱关系。

狱解之后，遇乡民，意甚索漠。以为狎昵其妇[1]，愧相见也。后因事到乡，诣其家，亦拒不见。知其相绝，乃大恨。

【注释】

① 狎昵：态度轻佻的亲近。这里意指奸污。

会有挟妓诱博者讼于官，官断妓押归原籍。吏视之，乡民妇也，就与语。妇言苦为夫禁制，愧相负，相忆殊深。今幸相逢，乞念旧时数日欢，免杖免解。吏又惑之，因告官曰：“妓所供乃母家籍，实县民某妻，宜究其夫。”盖觊怂恿官卖，自买之也。遣拘乡民，乡民携妻至，乃别一人。问乡里皆云不伪。问吏何以诬乡民？吏不能对，第曰风闻。问闻之何人？则噤无语。呼妓问之，妓乃言吏初欲挟污乡民妻，妻念从则失身，不从则夫死，值妓新来，乃尽脱簪珥，赂妓冒名往，故与吏狎识。今当受杖，适与相逢，因仍诳托乡民妻，冀脱棰楚。不虞其又有他谋，致两败也。官覆勘乡民，果被诬。姑念其计出救死，又出于其妻，释不究，而严惩此吏焉。

神奸巨蠹，莫吏若矣，而为村妇所笼络①，如玩弄婴孩。盖愚者恒为智者败，而物极必反，亦往往于所备之外，有智出其上者，突起而胜之。无往不复②，天之道也。使智者终不败，则天地惟智者存，愚者断绝矣，有是理哉！

【注释】

① 笼络：这里意指驾驭、控制。② 无往不复：《易·泰卦》：“无往不复，天地际也。”意思是：没有只往不返的，这是天地间自然的法则。

卷十八《姑妄听之》四

【翻译】

王梅序讲了这样一件事：交河县有个被强盗诬指为同伙的人，这是个乡下人，老实善良，没法辩明自己的冤枉，便托人贿赂县吏救助。县吏听说强盗之所以诬陷这乡下人，是因为私下调戏了他的妻子，以致被他打了一顿之故。心想这乡下人的妻子一定很美，于是推却贿赂而略微暗示道："这是秘密的事情，必须他的妻子暗中前来，才可以授予解救的计策。"中间人把话转告了乡下人。乡下人怕被处死而欠考虑，叫岳母到监狱里，偷偷把这样做的原因告诉她。岳母回去告知他妻子，妻子愤然不肯答应。

过了两三天，县吏家有人夜里敲门，县吏开门一看，却是个乞丐妇人，布巾包头，穿着打了很多补丁的衣服，直闯入内。问她她不答话，一边走一边脱去破衫和布巾，却是个衣饰华美的艳妇。县吏惊问她从哪里来，妇人两颊羞红，低着头不说话，只从衣袖里拿出一张纸来。县吏拿来就着手中的灯观看，上面只有"某人妻"三个字。县吏大喜过望，把妇人引入卧室，故意问她的来意。妇人抹着眼泪说道："如果不明白你传的话，我怎会在夜里前来？既已来到这里，就不必问了。只求你不要失信罢了。"县吏发了个大誓，便与那妇人欢乐一番。

县吏偷偷把妇人留了几天，被她深深地迷惑住，弄得神魂颠倒，惟恐有什么不称妇人的心意。几天后，妇人暂且辞别，并说自己在村里天天受人欺侮，难以久住下去了。如果在城里离你家不远处租几间屋子住下，便可托赖你的庇护，免得被无赖凌辱，又可以早晚往来。县吏听了益发高兴，竟千方百计地为那乡下人昭雪冤情。

案件平反之后，县吏见到那乡下人，乡下人的神态很冷漠。县吏以为因自己奸污了他的妻子，他羞于相见。其后，县吏因事到乡下去，找到乡下人的家，妇人亦拒不见面。他知道那妇人对自己决绝了，便十分怀恨。

这时刚巧有个利用妓女诱使人赌博的人被告到官府，官判妓女押回原籍。县吏一看这妓女，就是乡下人的妻子，便凑过去和她说话。妇人说我苦于被丈夫禁止，以致不能和你相见，自愧辜负了你，我是深深怀念你的。现在幸得相逢，求你念在往时几天欢情的份上，免了打板子和押解原籍的处罚吧。县吏又被迷住了，于是报告长官说："妓女所供的是娘家的籍贯，其实她是本县乡民某人的妻子，应追究她的丈夫才是。"实则是企图怂恿长官判妓女交官府拍卖，然后自己把她买去。官派人拘捕乡下人，乡下人带着妻子来到，却是另一个人。询问其同村邻里，都说不假。官问县吏为什么诬告乡民？县吏无话可答，只说是听闻传说的。问是谁说的呢，县吏闭口无言。官传妓女来问，妓女便说出县吏起初想用要挟的办法奸污乡民妻子，乡民妻子考虑到依从则失身，不依从则丈夫会死，刚好这妓女新来此地，她于是把簪子、耳环等首饰通通脱下送给妓女，让她冒名前往，所以和县吏熟悉。现在正要受杖刑，又恰好与他相遇，因此便说谎冒充乡下人的妻子，希望能逃过被打板子的刑罚。料不到县吏又另有图谋，以致两人都败露了。官员于是重新审讯乡下人，果然他是被诬陷的。姑念那计策是出于救死，又是他妻子搞出来的，便将乡下人释放，不予追究，而严惩县吏。

若说老奸巨猾，没有比这官吏更甚的了，却被村妇所控制摆布，像耍弄婴孩一样。大概愚笨的人常常被智慧者所击败，而物极必反，往往在智者的防备之外，有比他更聪明的人突然冒出来战胜他的。有去的必有返回，这是上天的法则呀！如果让聪明人始终不败，那么天地间只有聪明人能生存下来，愚蠢者就要绝种了，哪有这样的道理呢！

瞽者报仇

一位盲人立志报仇，守候十多年，终于达到目的。按理说，盲人要追寻不盲的仇人，几乎是不可能的；而一个残废者去和强横的人搏斗，实在难以相敌。但十多年坚志不回，却变不可能为可能。作者由此推论宋高宗的偏安半壁，歌舞湖山，实质是不想抵抗恢复，而不应以国势衰弱作借口的。以小喻大，深含教益。

瞽者刘君瑞言：一瞽者年三十余，恒往来卫河旁①，遇泊舟者，必问："此有殷桐乎？"又必申之曰："夏殷之殷，梧桐之桐也。"有与之同宿者，其梦中呓语，亦惟此二字。问其姓名，则旬日必一变，亦无深诘之者。如是十余年，人多识之，或逢其欲问，辄呼曰："此无殷桐，别觅可也。"

【注释】

① 卫河：河名。源出河南省辉县市，至天津汇合白河入海。

一日，粮艘泊河干，瞽者问如初。一人挺身上岸曰：“是尔耶？殷桐在此，尔何能为？”瞽者狂吼如虓虎[①]，扑抱其颈，口啮其鼻，血淋漓满地。众前拆解，牢不可开，竟共堕河中，随流而没。后得尸于天妃宫前（海口不受尸[②]，凡河中求尸不得，至天妃宫前必浮出），桐捶其左胁骨尽断，终不释手；十指抠桐肩背，深入寸余；两颧两颊，啮肉几尽。迄不知其何仇，疑必父母之冤也。

【注释】

① 虓(xiāo)虎：猛虎。② 不受尸：不接受尸体。大概是海潮冲顶河水，以致尸体不流入海中。

夫以无目之人，侦有目之人，其不得决也；以孱弱之人，搏强横之人，其不敌亦决也。此较伍胥之仇楚[①]，其报更难矣。乃十余年坚意不回，竟卒得而食其肉，岂非精诚之至，天地亦不能违乎！宋高宗之歌舞湖山[②]，究未可以势弱解也。

【注释】

① 伍胥仇楚：春秋时，楚大夫伍奢被楚平王所杀，其子伍子胥逃到吴国，帮助吴国击败楚国，掘楚平王墓，鞭尸三百以报仇。② 宋高宗之歌舞湖山：金兵攻入开封，北宋亡。宋高宗赵构逃至南方，建都临安，偏安一隅，歌舞享乐，不想去恢复中原失地。

卷十八《姑妄听之》四

【翻译】

盲人刘君瑞讲了这样一件事：有位三十多岁的盲人，常常在卫河边走来走去，遇到泊船靠岸的人，必问道："里边有殷桐这个人吗?"又必定再加说明道："是夏殷的殷，梧桐的桐呀。"有和他一起住宿的人，听到他说梦话，也只是这两个字。人们问他的姓名，则每隔十来天必定改变一次，但也没有人去深入盘问原因。这样过了十多年后，人们大多都认识他，有时碰到他开口想问，便喊道："这里没有殷桐，你去别处找吧。"

一天，有艘运粮船停泊在河岸，盲人像往常那样去问。有个人挺身上岸道："是你呀？殷桐就在这里，你能怎样?"盲人像猛虎般狂吼起来，扑上去抱住那人的脖子，口咬他的鼻子，弄得鲜血淋漓满地。众人上前拆解，却牢固得解不开，终于两人一同掉到河里，随着流水沉没了。后来在天妃宫前找到了尸体(海口不承留尸体，凡是在河里找不到的尸，到天妃宫前必定浮出水面)，从尸体上发现，殷桐捶击盲人的左胁，肋骨全都断了，盲人始终没有放手；他十只手指抠着殷桐的肩背，深入肌肉一寸有余；殷桐两颧和双颊的肉，差不多都被他咬光了。一直不知道他是为了什么仇怨，我怀疑必定是为了父母的冤仇。

以这样失明的人去侦察有眼睛的人，肯定是找不到的；以衰弱的人去和强横的人搏斗，其失败也是必然的。这比之伍子胥向楚国报仇，是更困难的事。但这盲人却十多年来意志坚决绝不回头，竟然找到了仇人并食其肉，岂不是精诚所至，天地神灵也不能违背他的意愿吗！宋高宗的歌舞湖山，不思报仇，终究是不能以国势衰弱为自己辩解的。

四救先生

本篇所列举的四救四不救办法，虽说是幕僚相传的口诀，实际上也是官员们为官处事的准则。它的特点是不问是非曲直，不管责任属谁，只求事件容易了结，不在自己任内发生麻烦、影响到自己的前程便可。这种害人不浅的坏办法，根本不是什么“以君子之心，行忠厚长者之事”。清代官场黑暗，尽人皆知，读了本篇当可更加深一层认识。

宋清远先生言：昔在王坦斋先生学幕时[①]，一友言梦游至冥司，见衣冠数十人累累入[②]；冥王诘责良久，又累累出，各有愧恨之色。

【注释】

① 学幕：提督学政的幕僚。② 衣冠：古代士以上戴冠。衣冠指士以上者的穿戴。后世引申指世族、士绅。

偶见一吏，似相识，而不记姓名，试揖之，亦相答。

因问："此并何人，作此形状？"

吏笑曰："君亦居幕府，其中岂无一故交耶？"

曰："仆但两次佐学幕，未入有司署也[①]。"

【注释】

① 有司：古代设官分职，各有专司职责，因称有司。这里则专指管理行政的官署，以别于只管教育的学政衙门。

吏曰："然则真不知矣。此所谓四救先生者也。"

问："四救何义？"

曰："佐幕者有相传口诀，曰：救生不救死，救官不救民，救大不救小，救旧不救新。救生不救死者，死者已死，断无可救；生者尚生，又杀以抵命，是多死一人也，故宁委曲以出之。而死者衔冤与否，则非所计也。救官不救民者，上控之案，使冤得申，则官之祸福不可测；使不得申，即反坐不过军流耳[①]。而官之枉断与否，则非所计也。救大不救小者，罪归上官，则权位重者谴愈重，且牵累必多；罪归微官，则责任轻者罚可轻，且归结较易。而小官之当罪与否，则非所计也。救旧不救新者，旧官已去，有所未了，羁留之恐不能偿；新官方来，有所委卸，强抑之尚可以办。其新官之能堪与否，则非所计也。是皆以君子之心，行忠厚长者之事，非有所求取，巧为弄文，亦非有所恩仇，私相报复。然人情百态，事变万端，原不能执一而论。苟坚持此例，则矫枉过直[②]，顾此失彼，本造福而反造孽，本弭事而反酿事，亦往往有之。今日所鞫，即以此贻祸者。”

【注释】

① 反坐：法律名词。指把被诬告者拟得的刑罚加给诬告者承受。军流：处流刑发配到军中服杂役。② 矫枉过直：矫，纠正。枉，弯曲。把弯曲的东西扭直，结果又歪向另一方。比喻纠正错误，超过了应有的限度。

问：“其果报何如乎？”

曰：“种瓜得瓜，种豆得豆。夙业牵缠，因缘终凑。未来生中，不过亦遇四救先生，列诸四不救而已矣。”

俯仰之间，霍然忽醒，莫明其入梦之故，岂神明或假以告人欤？

卷十八《姑妄听之》四

【翻译】

宋清远先生讲了这样一件事：从前我在王坦斋先生的学政衙门做幕客时，有一同事谈起梦游地府，在那里见到官绅几十人联串进入，阎罗王责问了许久，他们又联串走出去了，每个人都带有惭愧悔恨的神色。

我偶然见到其中的一位阴司小官员，似曾相识，但记不起他的姓名了，试向他作揖，他也回礼。

我便问道：“这些都是什么人，为何表现出这般神态？”

那小官员笑道："先生也在做幕僚，这里面难道没有一个老朋友吗？"

我答道："在下只做过两次学政的幕僚，没进过管行政的衙门呀。"

那官员道："这么说来，你是真的不知道了。他们就是所谓的'四救先生呀'。"

我问："四救是什么意思？"

他答道："做幕僚的人有相传的口诀，叫做救生不救死，救官不救民，救大不救小，救旧不救新。所谓救生不救死，就是说死的已经死了，绝对救不回来；生的还生，又把他杀了来偿命，这便多死一个人了。所以宁可想方设法把他开脱。而死者是否含冤，就不去计较了。所谓救官不救民，就是说在上诉案件中，如果上诉者冤屈得到伸雪，那么原审官员是祸是福便难预料；倘使上诉者冤屈不得伸雪，即使反坐其罪也不过判处军流罢了。而官员的是否错判，则不是所考虑的事了。所谓救大不救小，就是说如果罪责由大官承担，那么权大位高的处罚愈重，而被牵连进去的人必定多；如果把罪责归到小官身上，那么权位轻的处罚也可以轻，而且结案较为容易。而小官之应不应担当这个罪，则不是所考虑的了。所谓救旧不救新，就是说旧官已经卸任，有些钱粮等类事情未了结，把他扣留下来，恐怕未必能偿还；新官刚刚来，前任有些遗留下来的事情，强压他办还是可以办得了的。至于新官之是否接受得了，则不是所考虑的了。以上这些都是以君子的立心，来做忠厚长者的事情，并不是想从中捞些什么，而玩弄法律条文来作弊，也不是对谁有恩、对谁有仇，而私下加以报复。但是人情千态万状，世事变化多端，本不能偏执一个方面来立论。倘处处坚持照四救四不救的原则办，那么有时便会矫枉过直，顾此失彼，本想造福而反造下罪孽，本想平息事端而反生出事端，这种情况是常常有的。今天所审讯的人，就是因此而惹了祸的。”

我问：“这些人会受到什么样的报应？”

答道：“种瓜得瓜，种豆得豆，前世的罪业纠缠牵连，因果报应最后必然凑到一起。这些人在来世中，不过也会遇到四救先生，被他们列入四不救之列罢了。”

俯仰行礼之间，我忽然醒来了，也不知道为什么会做这个梦，难道是神明借此来告诫人们吗？

富人诡计

富翁谋夺别人的妻子，不惜费尽心机，层层布下圈套，又步步消除害人痕迹，居心险恶，令人悚然。而为了金钱，婆家可以卖媳，娘家可以卖女，亦泯尽天良，可悲可鄙。作者认为富翁诡计之周密巧妙，连法律亦奈何他不得，惟有阴间的报应，才能使他得到应有的惩罚。这真是对当时社会的莫大讽刺。

神奸机巧，有时败也；多财恣横，亦有时败也。以神奸用其财，以多财济其奸，斯莫可究诘矣。

景州李露园言[①]：燕齐间有富室失偶[②]，见里人新妇而艳之。阴遣一媪，税屋与邻，百计游说[③]，厚赂其舅姑，使以不孝出其妇，约勿使其子知。又别遣一媪与妇家素往来者，以厚赂游说其父母，伪送妇还。舅姑亦伪作悔意，留之饭，已呼妇入室矣，俄彼此语相侵，仍互诟[④]，逐妇归，亦不使妇知。

【注释】

① 景州：今河北省景县。② 燕齐：河北、山东两省简

称，战国时分别为燕、齐两国地。③ 说(shuì)：劝说。④ 诟(gòu)：骂。

于是买休卖休[①]，与母家同谋之事，俱无迹可寻矣。

【注释】

① 买休卖休：富人用钱买通人家休了媳妇，是买休；反之受钱休媳那家是卖休。

既而二媪诈为媒，与两家议婚。富室以惮其不孝辞，妇家又以贫富非偶辞，于是谋娶之计亦无迹可寻矣。迟之又久，复有亲友为作合，乃委禽焉[①]。其夫虽贫，然故士族，以迫于父母，无罪弃妇，已怏怏成疾，犹冀破镜再合[②]，闻嫁有期，遂愤郁死。死而其魂为厉于富室，合卺之夕，灯下见形，挠乱不使同衾枕，如是者数夜。改卜其昼，妇又恚曰[③]：“岂有故夫在旁，而与新夫如是者？又岂有三日新妇，而白日闭门如是者？”大泣不从。

【注释】

① 委禽：下聘礼。委，致送。禽，指雁，古代用作订婚用的礼物。② 破镜再合：即乐昌公主破镜重圆事，注见前。③ 恚(huì)：发怒。

无如之何，乃延术士劾治。术士登坛焚符，指挥叱咤[①]，似有所睹，遽起谢去，曰：“吾能驱邪魅，不能驱冤魄也。”延僧礼忏，亦无验。忽忆其人素颇孝，故出妇不敢阻。乃再赂妇之舅姑，使谕遣其子。舅姑虽痛子，然利其金，姑共来怒詈[②]。鬼泣曰：“父母见逐，无复住理，且讼诸地下耳。”从此遂绝。不半载，富室竟死。殆讼得直欤？

【注释】

① 叱咤(zhà)：吆喝。② 詈(lì)：骂。

富室是举，使邓思贤不能讼[①]，使包龙图不能察[②]。且恃其钱神[③]，至能驱鬼，心计可谓巧矣。而卒不能逃幽冥之业镜[④]。闻所费不下数千金，为欢无几，反以殒生。虽谓之至拙可也，巧安在哉！

【注释】

① 邓思贤：据沈括《梦溪笔谈》说，邓思贤是个善写诉状并传授这种技术的人。② 包龙图：即俗称的包公，名拯，曾任龙图阁学士，世称包龙图。③ 钱神：钱可通神。张固《幽闲鼓吹》记载：唐代张延赏审一大案，见桌上留一小字条，内称钱三万贯，请不要审问此案。张大怒。明日，又有一字条写道：“十万贯”。张遂撤掉案子。子弟乘间探问，张道：钱十万，已可通神，没有不能挽回的事了。我怕惹祸上身，不得不停止审问此案。④ 业镜：佛教谓阴司有面业

镜，能照见人们在世时的善恶行为。

卷二十《滦阳续录》二

【翻译】

老奸巨猾的人，有时会失败的；富有而放纵专横的人，有时也会失败的。如果老奸巨猾的人利用其钱财，以财富来助长他的奸计，那就无法查究了。

景州人李露园讲了这样一件事：河北、山东之间的地方，有个富翁死了老婆，见本乡某人的新娘子貌美，很羡慕。他暗中支使一个老妇租屋与新娘子为邻。老妇千方百计对新娘子的公婆游说，并用许多钱买通了他们，要公婆用不孝的罪名休了儿媳妇，并约定不要让其儿子知道这事。另外，富翁又派一个和新娘子娘家向有来往的老妇，用许多钱买通她的父母，假意将被休的女儿送回婆家。公婆也假作有后悔之意，留亲家吃饭，已把儿媳妇叫入屋里了，不一会，两亲家彼此口角起来，互相责骂，仍旧把儿媳妇赶走。这事也不让儿媳妇知道。于是，富人出钱买通婆家，婆家接受钱财休媳的买休、卖休行为，以及婆家与娘家同谋的事，都被掩盖得无迹可寻了。不久，这两个老妇又假装成媒人，为富翁和媳妇娘家商谈婚事。富翁以怕女子不孝的理由推辞，女家又以贫富不配的理由推却，于是阴谋嫁娶的诡计，也掩盖得无迹可寻了。又过了很久，再有亲友为富翁说合这桩婚事，这才下了聘礼。休妻的丈夫虽然贫穷，但他家从前本是世家大族，因为被父母所逼，把无罪的妻子休了，已苦恼得生起病来，但还希望能破镜重圆；

这时听说休妻出嫁已订下日期，终于愤恨抑郁而死。死后，他的魂魄变为恶鬼来到富翁家，富翁成亲的晚上，恶鬼在灯下现形，阻挠捣乱，使他们不能同床。这样一连闹了几夜。富翁改在白天与新娘同床，新娘又恼怒道："哪有前夫在旁边，却与新嫁丈夫干这种事的？又哪有才进门三天的新娘子，大白天关起门来干这事的？"大哭着不肯答应。富翁无可如何，于是请来术士治鬼。术士登上神坛烧符，指挥吆喝，好像看到了什么东西，突然起身告辞道："我能够驱除妖邪鬼魅，却不能驱除冤鬼。"富翁请来和尚念经礼忏，也没有效验。富翁忽然想起新娘子的前夫向来很孝顺，所以父母休他妻子也不敢阻拦，于是他再用钱收买媳妇原来的公婆，叫他们训诫、赶走其儿子。公婆虽痛心儿子之死，但贪图钱财，姑且一齐来到富家怒骂儿子。鬼哭道："父母来赶我走，我没有再呆下去的道理，只好到阴司去控告罢了。"鬼患从此停息。不到半年，富翁竟然死了，或许是鬼的控告得到了公正的判决吧？

富翁这种做法，纵使让擅长打官司的邓思贤也告不倒他，即使让明察秋毫的包龙图来审理也无法看透。而且富翁自恃钱可通神的力量，甚至能够驱鬼，其心计也可谓巧诈了，而最终不能逃过阴司的照业镜。听说富翁所花的钱不少于几千两银子，得到的欢乐不多，反因此送掉性命，由此看来，就说那富翁是最愚蠢的也可以，那巧妙的算计又巧在哪里呢！

驳乩诗

扶乩这种迷信活动，过去颇有人信之不疑。拆穿了不外运用两种方法，一是平时准备好一批模棱两可的乩语、处处都套得上的诗词；二是锻炼手法纯熟，随机应变。方法简单，殊不高明，所以只能骗骗沉迷于此的迷信者，明眼人是随时能指出乩语谬妄，拆穿其骗局的。

乾隆壬午九月①，门人吴惠叔邀一扶乩者至，降仙于余绿意轩中。

【注释】

① 乾隆壬午：清代乾隆二十七年。

下坛诗曰①："沉香亭畔艳阳天，斗酒曾题诗百篇。二八娇娆亲捧砚，至今身带御炉烟。""满城风叶蓟门秋②，五百年前感旧游。偶与蓬莱仙子遇，相携便上酒家楼。"余曰："然则青莲居士耶③？"批曰："然。"赵春涧突起问曰："大仙斗酒百篇④，似不在沉香亭上。

杨贵妃马嵬陨玉⑤，年已三十有八，似尔时不止十六岁。大仙平生足迹，未至渔阳⑥，何以忽感旧游？天宝至今⑦，亦不止五百年，何以大仙误记？”乩惟批“我醉欲眠”四字。再叩之，不动矣。

【注释】

① 下坛诗：所谓神仙降临时表明身份的诗。② 蓟门：蓟州。唐代辖境为今天津市蓟县一带。③ 青莲居士：唐代大诗人李白自号青莲居士。④ 斗酒百篇：杜甫《饮中八仙歌》：“李白斗酒诗百篇，长安市上酒家眠。”《新唐书·李白传》称唐玄宗曾召李白到沉香亭赋诗，但斗酒百篇的举动，则不在沉香亭上发生。⑤ 杨贵妃：唐玄宗宠妃杨玉环。安禄山叛变，玄宗逃离长安，行至马嵬坡，将士恨杨氏兄妹误国，发生骚动。玄宗被逼将杨玉环缢死，死时年三十八岁。以此推算，则小说流传的杨玉环捧砚让李白写诗时，也不止十六岁了。⑥ 渔阳：唐蓟州治所在渔阳。⑦ 天宝：唐玄宗年号，其时至清乾隆二十七年，中间相隔已一千多年了。

大抵乩仙多灵鬼所托，然尚实有所凭附。此扶乩者，则似粗解吟咏之人，炼手法而为之，故必此人与一人共扶，乃能成字，易一人则不能书。其诗亦皆流连光景，处处可用，知决非古人降坛也。尔日猝为春涧所中，窘迫之状可掬。

后偶与戴庶常东原议及①，东原骇曰：“尝见别一扶乩人，太白降坛，亦是此二诗，但改‘满城’为‘满

林’，‘蓟门’为‘大江’耳。”知江湖游士，自有此种稿本，转相授受，固不足深诘矣。

【注释】

① 庶常：官名。翰林院庶吉士的俗称。

（宋蒙泉前辈亦日：“有一扶乩者至德州，诗顷刻即成。后检之，皆村书《诗学大成》中句也[①]。）

【注释】

① 村书：旧时农村学塾中使用的幼童启蒙读物。

卷二十一《滦阳续录》三

【翻译】

清代乾隆二十七年九月，我的门生吴惠叔邀请一位扶乩的人来，在我家绿意轩中摆坛降仙。沙盘中写出下坛诗道：“沉香亭畔艳阳天，斗酒曾题诗百篇。二八娇娆亲捧砚，至今身带御炉烟。”“满城风叶蓟门秋，五百年前感旧游。偶与蓬莱仙子遇，相携便上酒家楼。”我说：“那么你就是青莲居士吗？”批道：“是的。”赵春涧突然站起问道：“大仙饮斗酒题诗百篇的地方，似乎不是在沉香亭上。杨贵妃在马嵬坡被缢死，已经三十八岁了，似乎捧砚时不止十六岁。大仙平生的行踪，未到过渔阳，怎么忽然感念旧游？唐代天宝年间到现在也不止五百年，为什么大仙误记了？”

乩盘上只批“我醉欲眠”四个字。再问它，乩架不动了。大概乩仙多是有灵气的鬼所依托，但还是实际有所凭藉的。如今这个扶乩的人，则似是个略懂吟咏诗歌的人，练熟了手法而做出来的，所以必须这人同另一人共同扶乩，才能写成字体，换一个人便写不成字了。他所写出的诗都是留连风光景物，处处都用得上的。可知这绝不是古人降坛。那天骤然间被赵春涧击个正着，其狼狈的情形令人发笑。

后来，我偶然和戴东原庶常谈到这事，东原惊叫道：“我曾见另一扶乩的人，请到太白降坛，也是这二首诗，只不过改‘满城’为‘满林’，‘蓟门’为‘大江’罢了。”因此可知江湖游士本有这种稿本，互相流传传授，本来就不值得去深入查究。（宋蒙泉前辈也说：有一个扶乩的人到德州，一会儿即把诗写成。后来我查书，发现那都是乡村儿童的启蒙课本《诗学大成》中的句子哩。）

书　痴

明代末年道学盛行，科第被推重，读书人受其影响，成了只知死读书的书呆子，对世事人情，懵然不知。到了清代初年，这种风气仍然存在，作者对此深为不满，通过这个故事来揭露它的毒害。文中写书呆子辩论门神的情态，愈认真庄重愈显出其呆气十足，刻画尽致，让人如见其人。

先姚安公曰："子弟读书之余，亦当使略知家事，略知世事，然后可以治家，可以涉世。明之季年，道学弥尊，科甲弥重。于是黠者坐讲心学[①]，以攀援声气[②]；朴者株守课册，以求取功名。致读书之人，十无二三能解事。崇祯壬午[③]，厚斋公携家居河间，避孟村土寇。厚斋公卒后，闻大兵将至河间，又拟乡居。濒行时，比邻一叟顾门神叹曰：'使今日有一人如尉迟敬德、秦琼[④]，当不至此。'汝两曾伯祖，一讳景星，一讳景辰，皆名诸生也。方在门外束襆被[⑤]，闻之，与辩曰：'此神荼、郁垒像[⑥]，非尉迟敬德、秦琼也。'叟不服，检丘处机《西游记》为证[⑦]。二公谓委巷小说不足据[⑧]，又

入室取东方朔《神异经》与争⑨。时已薄暮，检寻既移时，反复讲论又移时，城门已阖，遂不能出。次日将行，而大兵已合围矣。城破，遂全家遇难。惟汝曾祖光禄公、曾伯祖镇番公及叔祖云台公存耳。死生呼吸、间不容发之时，尚考证古书之真伪，岂非惟知读书不预外事之故哉！”

【注释】

① 心学：南宋陆九渊、明代王守仁创立的学派。他们把“心”看作宇宙万物的本原，提出“圣人之学，心学也”的理论，因此后来便称此派为心学。② 攀援声气：互相提携拉拢，互通声气，结成宗派。③ 崇祯壬午：明代崇祯十五年。④ 尉迟敬德、秦琼：唐太宗部下两员勇将，后来被奉为门神。⑤ 襆（fú）：铺盖卷。⑥ 神荼（shēn shū）、郁垒（lù）：传说中上古有神荼、郁垒兄弟二人，能捉鬼。后世遂绘二人贴门上，左神荼，右郁垒，俗称门神。⑦ 丘处机《西游记》：元代道教首领丘处机，道号长春真人，曾随军游西域。丘的弟子李志常据其事迹写成游记，称《长春真人西游记》。⑧ 委巷小说：委巷，曲折的小巷。《汉书·艺文志》小说类曰：“小说家流，盖出于稗官，街谈巷语，道听途说者所造也。”其实《长春真人西游记》一书并非小说，景星二人是据书名误解的。⑨ 东方朔：西汉文学家。《神异经》是一部志怪小说，为后人所作，托名于他的。

姚安公此论，余初作各种笔记，皆未敢载，为涉及

两曾伯祖也。今再思之，书痴尚非不佳事，古来大儒似此者不一，因补书于此。

卷二十一《滦阳续录》三

【翻译】

先父姚安公对我说:"子侄辈除读书之外,也应当使他们略懂些管理家事的知识,略懂些处世的方法,然后才能够管好家事,才能够应付世事。明代末年,道学被捧得越来越高,科第功名被看得越来越重,于是,狡猾的人端坐着空谈心学,以攀上高位,互通声气拉拢;朴实的人则死守着课本,以求取科第功名。这使得读书人之中,十个里头也找不到两三个懂得世事的。明代崇祯十五年,你高祖父厚斋公将全家迁到河间府,以逃避孟村土寇的骚扰。厚斋公死后,听说清兵将到河间府,于是全家又打算迁到乡下居住。临走时,邻居一位老人家回头看着门神叹道:'假如现在能有一个像尉迟敬德、秦琼那样的人,天下也不会落到这般地步!'你的两位曾伯祖,一位名叫景星,一位名叫景辰,都是有名气的秀才,他们正在门外捆扎铺盖,听了这话,便同他争辩说:'这是神荼、郁垒的画像,不是尉迟敬德和秦琼呀!'那老人家不服气,取出丘处机著的《西游记》来作证。二公认为这是来源于街谈巷议的小说,不足为据,又到屋内取出东方朔的《神异经》和老人争辩。当时已是黄昏,查找翻检书籍既费了许多时间,反复讲解辩论又费去不少时间,这时城门已经关闭,他们也就出不了城。第二天将要动身,而大军已把城池包围起来。城被攻破,他们便全家遇难。只有你曾祖父光禄公、曾伯祖镇番公及叔祖云台公活下来而已。当生与死处在一呼一吸的瞬间、间不容发的时候,他们还在考证古书的真伪,岂不是只知读书不接触世事的缘故吗?"

姚安公这番议论,我初时写作的各种笔记,都不敢记载,因为这涉及两位曾伯祖。现在再细想这事,书痴还不是不好的事,自古以来大学者像这样的不止一个,因此,我便把它补记在这里。

云南一县令

云南一位县令的一生一"死",立见荣衰。其中描述县令生时,乡人对其家属的热,与"死"后的冷,形成强烈对比。亦可见出旧社会的炎凉世态和人情翻覆。

门人有作令云南者,家本清寒,仅携一子一僮,拮据往①,需次会城②。

【注释】

① 拮(jié)据:经济窘迫。② 需次:官吏授官后,依次等候派充实缺。会城:省会。

久之,得补一县,在滇中,尚为膏腴地。然距省窎远①,其家又在荒村,书不易寄。偶得鱼雁②,亦不免沉浮,故与妻子几断音问。惟于坊本搢绅中③,检得官某县而已。

【注释】

① 窎(diào):远隔。② 鱼雁:古乐府《饮马长城窟

行》："呼儿烹鲤鱼，中有尺素书。"《汉书·苏武传》："教使者谓单于，言天子射上林中，得雁，足有系帛书。"后因合称书信为鱼雁。③ 坊本搢绅：书坊定期刊行的职官姓名录称《搢绅录》，内载各官员姓名、籍贯、任职等。

偶一狡仆舞弊，杖而遣之。此仆衔次骨。其家事故所备知，因伪造其僮书，云主人父子先后卒，二棺今浮厝佛寺①，当借资来迎。并述遗命，处分家事甚悉。初，令赴滇时，亲友以其朴讷②，意未必得缺；即得缺，亦必恶。后闻官是县，始稍稍亲近，并有周恤其家者，有时相馈问者。其子或有所称贷，人亦辄应，且有以子女结婚者。乡人有宴会，其子无不与也。及得是书，皆大沮，有来唁者，有不来唁者。渐有索逋者③，渐有道途相遇似不相识者。僮奴婢媪皆散。不半载，门可罗雀矣。既而令托入觐官寄千二百金至家迎妻子④，始知前书之伪。举家破涕为笑，如在梦中。亲友稍稍复集，避而不敢见者，颇亦有焉。

【注释】

① 厝(cuò)：停棺待葬或浅埋以待改葬。② 讷(nè)：说话迟钝。③ 逋(bū)：拖欠金钱。④ 觐(jìn)：官员进京晋见皇帝。

后令与所亲书曰："一贵一贱之态，身历者多矣；一贫一富之态，身历者亦多矣。若夫生而忽死，死逾半载而复生，中间情事，能以一身亲历者，仆殆第一人矣。”

卷二十一《滦阳续录》三

【翻译】

我的门生中有个在云南做知县的，他家境本来十分贫寒，只能携带一个儿子和一个仆人，经济窘迫地前去赴任。

他在云南省城候补职缺，等了很久，最后得到委派在某县。这个县在云南还算得上是个肥沃富庶的地方，但是距离省城很远。他的老家又在偏僻的乡村，很难通信，偶然找到送信的人了，又不免中途失落，所以他和妻儿几乎断绝了音讯。他的家人也只能从书坊印行的《缙绅录》中，查到他在某县做官而已。

这时，偶然有个狡猾的仆人舞弊，县官把他打了一顿板子后赶走了。这仆人对主人怀恨入骨，他对县官的家事本就知道得详细，于是伪造一封书童的信寄到县官的老家。信中说：主人父子先后死了，两副棺材现在暂停放在佛寺里，你们应当借钱来迎取棺木回去。信里还转述了县官的遗嘱，对家中各事的处理都很详细。起初，县官前往云南时，亲友们认为他为人朴实，说话迟钝，估计他未必能补得到职缺；即使得到职缺了，也肯定分配到贫困荒僻的县份。后来知道他在这个县做官，才对他的家属渐渐亲近，并且有对他家属给予接济的，有经常赠送礼物慰问的。县官的儿子有时要借钱，人们也每每答应，并且有以子女来同他家结亲的。家乡人有宴会举行，他的儿子无不被邀参加。及至接到那封伪信，亲友都大为失望，有前来吊唁的，也有不来吊唁的。渐渐有前来讨债的人，渐渐有在路上相遇而装做不认识的人，家童仆人、婢女老妈子都走了。不到半年，县官的老家已经冷落得门可罗雀了。

不久，县令托一位进京晋见皇帝的官员，代带一千二百两银子回家，用来迎妻子赴任所，他们这才知道前时那封信是假的。全家于是破涕为笑，好像在梦里一样。亲友这时又渐渐再到他家，其中好些是此前避而不见的人。后来，县令在写给亲友的信中说道："一时贵一时贱所碰到的炎凉世态，我经历得多了；一时贫一时富所碰到的炎凉世态，我经历的也很多。至于活着的人忽然变成死人，死了半年多而又复活，这其间的人情世态能够让一个人亲身经历的，我大概是第一个了。"

宣武门土堆

民间传说,往往有附会其事而成的,相传日久,不免以讹为真。作者留意所谓五火神墓,发觉史料上并无这样的记载,颇觉可疑。至于他引用京营旧卒的解释,倒是言之成理、较为可信的。

宣武门子城内①,有培塿者五②,砌之以砖,土人云五火神墓。明成祖北征时,用火仁、火义、火礼、火智、火信制飞炮,破元兵于乱柴沟。后以其术太精,恐或为变,杀而葬于是。立五竿于丽谯侧③,岁时祭之,使鬼有所归,不为厉焉。后成祖转生为庄烈帝④,五人转生李自成、张献忠诸贼,乃复仇也。此齐东之语⑤,非惟正史无此文,即明一代稗官小说,充栋汗牛⑥,亦从未言及斯人斯事也。

【注释】

① 宣武门:北京旧城有九门。其南之西门,元代称顺承,明代改称宣武,俗又称顺治门。见《嘉庆一统志》。子城:大城所附的子城,如内城及月城、瓮城等。② 培塿(pǒu lǒu):小土丘。③ 丽谯(qiáo):高楼。后亦以称谯楼,即更鼓楼。④ 庄烈帝:明思宗亡国自缢,清顺治十六年谥为庄烈愍皇帝。⑤ 齐东之语:齐国东鄙野人之语。见《孟子·万章》。后称不足信的话是齐东野语。⑥ 充栋汗牛:柳宗元《陆文通先生墓表》:“其为书,处则充栋宇,出则汗牛马。”充栋宇,是说书籍堆满屋子,高可到栋梁;汗牛马,是说牛马运送书籍时累得出汗。后因以汗牛充栋形容书籍之多。

戊子秋[1],余见汉军步校董某,言闻之京营旧卒云:“此水平也[2]。京师地势,惟宣武门最低,衢巷之水,遇雨皆汇于子城。每夜雨大骤,守卒即起,视此培塿,水将及顶,则呼开门以泄之;没顶则门扉为水所壅[3],不能启矣。今日久渐忘,故或有时阻碍也。其城上五竿,则与白塔信炮相表里[4]。设闻信炮,则昼悬旗,夜悬灯耳。与五火神何与哉!”此言似乎近理,当有所受之。

【注释】

① 戊子秋:纪昀作《阅微草堂笔记》是在晚年,此处戊子应为乾隆三十三年。② 水平:测定水平的用具。此处指以小土丘作为显示水平标准的地方。③ 壅(yōng):阻塞。④ 表里:表指外,里指内。表里即里外。

卷二十二《滦阳续录》四

【翻译】

北京宣武门子城里面，有像小山丘似的土堆五个，上面砌上砖，当地人说这是五位火神的墓。明成祖北征时，使用火仁、火义、火礼、火智、火信五人制造飞炮，在乱柴沟打败了元兵。后来，明成祖认为这五个人技术太精湛了，恐怕会成为祸患，便杀了他们葬在这里。树立五根木竿在更鼓楼旁边，每逢年节祭祀他们，使鬼魂有所归宿，不致成恶鬼骚扰。后来明成祖转世投胎为明庄烈帝，这五人转世投胎为李自成、张献忠一班“贼人”，专为报仇。这些传说其实是齐东野语，不但正史没有记载，就是明代的稗官小说之类的书，尽管多得汗牛充栋，也从没有谈及这五个人和有关的那些事。

乾隆三十三年秋天，我见到汉军步校董某，他说从北京营退伍老兵听来的话是：“这五个土堆是测量水位高低的。京城地势，只有宣武门最低。街巷里的水，遇到下雨时便汇聚到子城来。每逢夜里下雨下得紧，守护士兵即起来，看看这土堆，如果水将浸到顶了，便叫人打开城门排泄掉；如果等到水浸过土堆顶，那么城门便会被水所阻塞，打不开了。现在历时日久，渐渐忘了这个措施，所以有时会发生障碍。那城楼上的五根木竿，则是与白塔的信炮内外呼应的。如果听到了信号炮响，那么白天便在木竿上挂旗，夜里则挂上灯笼。这和五位火神有什么关系呢！”这话似乎近于情理，必定是有所根据的。

鬼怕强项人

这个故事中的鬼和别的鬼有所不同，它先是采用吓的方法，吓不倒人就改用哄的手段，可谓软硬兼施，灵活应变了。不料戴某竟是那样固执刚强的人，既不怕吓，也不受哄，结果不是人怕鬼，而是鬼怕人了。

戴东原言：其族祖某，尝僦僻巷一空宅①。

【注释】

① 僦(jiù)：租赁。

久无人居，或言有鬼。

某厉声曰："吾不畏也。"

入夜，果灯下现形，阴惨之气，砭人肌骨①，一巨鬼怒叱曰："汝果不畏耶？"

【注释】

① 砭(biān)：刺。

某应曰："然。"

遂作种种恶状，良久，又问曰："仍不畏耶？"

又应曰："然。"

鬼色稍和，曰："吾亦不必定驱汝，怪汝大言耳。汝但言一'畏'字，吾即去矣。"

某怒曰："实不畏汝，安可诈言畏？任汝所为可矣！"

鬼言之再四，某终不答。鬼乃太息曰："吾住此三十余年，从未见强项似汝者[①]。如此蠢物，岂可与同居！"奄然灭矣。

【注释】

① 强项：不肯低头，倔强。

或咎之曰："畏鬼者常情，非辱也。谬答以畏，可息事宁人。彼此相激，伊于胡底乎[①]？"

【注释】

① 伊于胡底：不知道会弄到什么地步。

某曰："道力深者，以定静祛魔[①]，吾非其人也。以气凌之，则气盛而鬼不逼；稍有牵就，则气馁而鬼乘之矣。彼多方以饵吾，幸未中其机械也。"论者以其说为然。

【注释】

① 祛(qū):除去。

卷二十三《滦阳续录》五

【翻译】

戴东原讲了这样一件事:他的本族祖父某人,曾租住偏僻小巷里一所空房。房子很久没人居住,有人说里面有鬼,某人厉声说道:"我不怕。"到了夜晚,果然在灯下现出鬼形,阴寒之气,刺人肌骨。一个高大的鬼怒喝道:"你真的不害怕吗?"某人应声答道:"是的。"那鬼便作出种种丑恶形状,过了许久,又问道:"你仍然不怕吗?"又答道:"是的。"那鬼脸色稍为和缓,说道:"我也不一定要赶走你,不过怪你口出大言罢了。你只要说一个'怕'字,我就离开。"某人怒道:"我实在不怕你,怎能撒谎说怕呢?任从你要怎样做便怎样做吧!"鬼仍是再三再四地那样说,某人始终不答。鬼便叹口气道:"我在这里住了三十多年,从来没见过像你这样倔强的人。这样愚蠢的东西,我怎可以和他同住一起!"说完,突然消失了。有人责怪某人道:"怕鬼是人之常情,并非耻辱。你假装答以说怕,便可息事宁人。像这样彼此激烈对抗,那将弄到怎样的田地呢?"某人说道:"道力深厚的人,用稳定和宁静来驱除魔怪,但我不是这样的人呀。我用刚强的气概来压它,那么气势旺盛则鬼不敢相逼;如果我稍微迁就,便会气馁,而鬼得以乘机侵犯。它用各种方法来诱我入圈套,我幸好没有中了它的诡计。"议论这事的人认为某人的说法是对的。

严　先　生

本篇包括打鬼、责鬼、问鬼三个故事。每个故事中的主人公都各有不同的态度：严先生执拗刚强，某儒生从容说理，沈丰功笑谈随意。但归根结底，他们都是不怕鬼或者不信有鬼的，才不致庸人自扰，才能镇定从容，令鬼却步。

李汇川言：有严先生，忘其名与字。值乡试期近，学子散后，自灯下夜读。一馆童送茶入，忽失声仆地①，碗碎琤然。严惊起视，则一鬼披发瞪目立灯前。严笑曰："世安有鬼，尔必黠盗饰此状，欲我走避耳。我无长物②，惟一枕一席。尔可别往。"鬼仍不动。严怒曰："尚欲绐人耶？"举界尺击之③，瞥然而灭。严周视无迹，沉吟曰："竟有鬼耶？"既而曰："魂升于天，魄降于地，此理甚明。世安有鬼，殆狐魅耳。"仍挑灯琅琅诵不辍。此生崛强，可谓至极，然鬼亦竟避之。盖执拗之气，百折不回，亦足以胜之也。

【注释】

① 失声：禁不住发出声音。② 长(zhàng)物：多余的

东西。③ 界尺：写字时用以间隔行距或压纸的尺子。

又闻一儒生，夜步廊下，忽见一鬼，呼而语之曰："尔亦曾为人，何一作鬼，便无人理？岂有深更昏黑，不分内外，竟入庭院者哉？"鬼遂不见。此则心不惊怖，故神不瞀乱①，鬼亦不得而侵之。

【注释】

① 瞀（mào）：纷乱。

又故城沈丈丰功（讳鼎勋，姚安公之同年①），尝夜归遇雨，泥潦纵横，与一奴扶掖而行，不能辨路。经一废寺，旧云多鬼。沈丈曰："无人可问，且寺中觅鬼问之。"径入，绕殿廊呼曰："鬼兄鬼兄，借问前途水深浅？"寂然无声。沈丈笑曰："想鬼俱睡，吾亦且小憩。"遂偕奴倚柱睡至晓。此则襟怀洒落，故作游戏耳。

【注释】

① 同年：科举考试中同科考中的人互称为同年。

卷二十三《滦阳续录》五

【翻译】

李汇川讲了这样一件事：有位严先生，忘记他的名和字了。适值乡试日期临近，严先生为了准备应试，于学生散学后，独自在灯下读书。一个书童为他送茶进来，忽然失声跌倒在地，茶碗“乓”的一声打碎了。严先生受惊，起来查看，只见一个鬼披头散发，瞪大眼睛站在灯前。严先生笑道：“世界上哪有鬼？你必定是个狡猾的贼人，装成这样子，想吓跑我罢了。我没有多余的东西，只有一个枕头，一床席子。你要偷东西可到别处去。”鬼还是一动不动。严先生发怒道：“你还想骗人吗？”拿起界尺打它，一眨眼鬼就消失了。严先生四下查看，并没一点踪迹。他自言自语道：“竟然真的有鬼吗？”随后又说道：“人死后魂升上天空，魄降落在地下，这道理是很明白的。世上怎么会有鬼，这大概是狐魅罢了。”便仍旧挑亮灯火，琅琅诵读不停。这位先生的倔强，可谓到了极点，但是鬼也竟然避开了他。大概他那执拗的气性，百折不回，也足以压倒鬼魅的。

又听说过有位书生，夜里在走廊散步，忽然见到一个鬼，便唤鬼过来，对它说：“你也曾做过人，为什么一做了鬼，便丧失了人的常情了？哪有深更黑暗的时候，不分内外，竟然闯入人家庭院的呢？”鬼于是就消失了。这就是人们心里不惧怕，所以神智就不会纷乱，鬼也无法侵犯他了。

另外又有一件事。故城县沈丰功老先生（名叫鼎勋，我父亲姚安公的同年），曾在夜里归家时遇到下雨，地上泥水纵横，他和一个仆人互相搀扶着行走，都分辨不出道路来了。他们行经一座荒废了的寺庙，以前人们都说这庙里常闹鬼。沈老先生说：“找不到人问路，暂且到庙里找鬼来问问吧。”他们径直入内，绕着殿廊喊道：“鬼大哥，鬼大哥，请问前边路上的积水深浅如何？”但殿里寂然没有回声。沈老先生笑道：“想是鬼都睡了，我们也暂且歇歇。”便同仆人一起倚着殿柱，睡到天明。这却是胸怀洒脱的人，故意开这种玩笑罢了。

编 后 记

2011年我社出版了“古代文史名著选译丛书(134种)”,该丛书是由全国高校古籍整理委员会主持,汇集北京大学、复旦大学等十八所高校古籍所专家学者力量完成的一部高水平、高质量的传统文化普及读物。出版后也得到了读者认可,获得业内好评。

该丛书于2016年入选国家新闻出版广电总局评选的“首届向全国推荐中华优秀传统文化普及图书”名单。为了更好地传播优秀传统文化,我们从中精选了30种文史经典,重新修订、设计,作为珍藏版呈现给读者。

中华优秀传统文化不仅是中华民族的宝贵财富,也是中华民族的精神家园。凤凰出版社谨向为本丛书的编辑出版付出巨大心血的专家学者致以崇高敬意!

古代文史名著选译丛书（珍藏版）书目

书名	译注者	审阅者
论语注译	孙钦善	宗福邦
老子注译	张玉春　金国泰	安平秋
庄子选译	马美信	章培恒
孟子选译	刘聿鑫　刘晓东	黄　葵
荀子选译	雪　克　王云路	董治安　许嘉璐
诗经选译	程俊英　蒋见元	刘仁清
楚辞选译	徐建华　金舒年	金开诚
左传选译	陈世铙	董治安
史记选译	李国祥　李长弓　张三夕	安平秋
汉书选译	张世俊　任巧珍	李国祥
后汉书选译	李国祥　杨　昶　彭益林	许嘉璐
三国志选译	刘　琳	黄　葵
资治通鉴选译	李　庆	黄永年
文心雕龙选译	周振甫	黄永年
世说新语选译	柳士镇　钱南秀	周勋初
颜氏家训选译	黄永年	许嘉璐
陶渊明诗文选译	谢先俊　王勋敏	平慧善
李白诗选译	詹　锳等	章培恒
杜甫诗选译	倪其心　吴　鸥	黄永年
李商隐诗选译	陈永正	倪其心
王维诗选译	邓安生　刘　畅　杨永明	倪其心
苏轼诗文词选译	曾枣庄　曾　弢	章培恒
李清照诗文词选译	平慧善	马樟根
辛弃疾词选译	杨　忠	刘烈茂
王阳明诗文选译	吴　格	章培恒
唐才子传选译	张　萍　陆三强	黄永年
徐霞客游记选译	周晓薇　马雪芹　焦　杰	黄永年　马樟根
阅微草堂笔记选译	黄国声	安平秋
西厢记选译	王立言	董治安
聊斋志异选译	刘烈茂　欧阳世昌	章培恒